CW01086135

JE ME SOUVIENS...

Georges Simenon (1903-1989) est le quatrième auteur francophone le plus traduit dans le monde. Né à Liège, il débute très jeune dans le journalisme et, sous divers pseudonymes, fait ses armes en publiant un nombre incroyable de romans « populaires ». Dès 1931, il crée sous son nom le personnage du commissaire Maigret, devenu mondialement connu, et toujours au premier rang de la mythologie du roman policier. Simenon rencontre immédiatement le succès, et le cinéma s'intéresse dès le début à son œuvre. Ses romans ont été adaptés à travers le monde en plus de 70 films, pour le cinéma, et plus de 350 films de télévision. Il écrivit sous son propre nom 192 romans, dont 75 Maigret, et 117 romans qu'il appelait ses « romans durs », 158 nouvelles, plusieurs œuvres autobiographiques et de nombreux articles et reportages. Insatiable voyageur, il fut élu membre de l'Académie royale de Belgique.

Paru au Livre de Poche :

LES 13 COUPABLES
LES 13 ÉNIGMES
LES 13 MYSTÈRES
L'ÂNE ROUGE
LES ANNEAUX DE BICÊTRE
ANTOINE ET JULIE
AU BOUT DU ROULEAU
LES AUTRES
BETTY
LA BOULE NOIRE
LA CAGE DE VERRE
LA CHAMBRE BLEUE
LE CHAT
LES COMPLICES
LE CONFESSIONNAL
LE COUP DE LUNE
CRIME IMPUNI
LE DÉMÉNAGEMENT
LE DESTIN DES MALOU
DIMANCHE
LA DISPARITION D'ODILE
EN CAS DE MALHEUR
L'ENTERREMENT DE
    MONSIEUR BOUVET
L'ESCALIER DE FER
LES FANTÔMES DU CHAPELIER
LA FENÊTRE DES ROUET
FEUX ROUGES
LES FIANÇAILLES DE M. HIRE
LE FILS
LE FOND DE LA BOUTEILLE
LES FRÈRES RICO
LA FUITE DE MONSIEUR MONDE
LES GENS D'EN FACE
LE GRAND BOB
LE HAUT MAL
L'HOMME AU PETIT CHIEN
L'HOMME DE LONDRES
L'HORLOGER D'EVERTON

IL Y A ENCORE DES NOISETIERS
LES INNOCENTS
LA JUMENT PERDUE
LETTRE À MA MÈRE
LETTRE À MON JUGE
LA MAIN
LA MAISON DU CANAL
MARIE QUI LOUCHE
LA MORT D'AUGUSTE
LA MORT DE BELLE
LA NEIGE ÉTAIT SALE
NOVEMBRE
L'OURS EN PELUCHE
LE PASSAGE DE LA LIGNE
LE PASSAGER CLANDESTIN
LE PASSAGER DU POLARLYS
PEDIGREE
LE PETIT HOMME D'ARKHANGELSK
LE PETIT SAINT
LA PORTE
LE PRÉSIDENT
LA PRISON
LES QUATRE JOURS
    DU PAUVRE HOMME
LE RELAIS D'ALSACE
LE RICHE HOMME
LA RUE AUX TROIS POUSSINS
STRIP-TEASE
TANTE JEANNE
LES TÉMOINS
LE TEMPS D'ANAÏS
LE TRAIN
LE TRAIN DE VENISE
TROIS CHAMBRES À MANHATTAN
UN NOUVEAU DANS LA VILLE
UNE VIE COMME NEUVE
LE VEUF
LA VIEILLE
LES VOLETS VERTS

GEORGES SIMENON

Je me souviens…

Pedigree de Marc Simenon avec le portrait de quelques oncles,
tantes, cousins, cousines et amis de la famille,
ainsi que des anedoctes, par son père.

PRESSES DE LA CITÉ

Les quatre premiers chapitres ont été écrits au 12, quai Victor-Hugo, Fontenay-le-Comte (Vendée), et sont datés du 9 au 12 décembre 1940 ; les chapitres suivants, écrits au château de Terre-Neuve en la même ville, sont datés du 21 avril au 12 juin 1941 ; le dernier chapitre a été écrit aux Sables-d'Olonne, le 18 janvier 1945.
Paris, Presses de la Cité, 4e trimestre 1945.

PEDIGREE

de

Marcsimenon

avec le portrait de quelques oncles,
tantes, cousins, cousines et amis de
la famille, ainsi que des anecdotes

par

son père

1940

Famille Simenon

puis l'installation à Vlijtigen (Limbourg) d'un Simenon, séjourant des services de Nauta (?) blessé au cours de la campagne de Russie et ayant épousé une native du Limbourg.

Georges

Chrétien 1905

Georges 1903

Marc 1939

?

Désiré 1876

Lucien

Céline

Arthur

?

Guillaume

Marie madeleine

?

Henriette

?

?

?

Chrétien Simenon vers 1858

Simenon vers 1830 de Vlijtigen

Simenon Ier (vers 1780)

PRÉFACE DE L'AUTEUR

*J'ai dit plusieurs fois quelles circonstances m'ont amené
à écrire ce livre. Je les répète brièvement. En décembre
1940, quelques mois après l'invasion de la France, je me
trouvais replié dans la forêt de Mervent, en Vendée, quand
un médecin, après un examen hâtif, diagnostiqua par erreur
une angine de poitrine et m'annonça que j'en avais pour
deux ou trois ans à vivre.*

*Mon premier fils, Marc, avait dix-huit mois. Je n'espé-
rais pas d'autres enfants. C'est donc pour lui que, dans des
cahiers, sans aucun souci littéraire, je racontai mes débuts
dans la vie.*

Ce texte romancé et élargi devait devenir Pedigree.

*Quant aux cahiers originaux, c'est par hasard, pour des
raisons assez complexes, que j'en permis la publication en
1945 sous le titre de* Je me souviens...[1].

Depuis, j'ai toujours interdit la réédition du volume.

Ai-je raison, aujourd'hui, de céder aux nombreuses

---

1. Mais le titre original (qui n'est apparu, sous forme de sous-titre,
que sur l'édition de 1961) était : *Pedigree de Marcsimenon avec le portrait de quelques oncles, tantes, cousins, cousines et amis de la famille,
ainsi que des anecdotes, par son père* – 1940.

lettres que j'ai reçues ? Je viens de relire le texte primitif et je me trouve assez embarrassé. Il ne s'agit en effet pas d'une œuvre littéraire, mais d'une sorte de document. Le style est plutôt le style parlé, familier d'un père s'adressant à son fils que le style écrit du romancier.

Supprimer les répétitions de mots, les facilités de langage, les incorrections ? Il faudrait tout récrire et je crains qu'un tel traitement n'enlève à ces pages leur spontanéité.

J'ai ajouté au contraire à l'édition de 1945 un certain nombre de passages que j'avais supprimés jadis, j'ignore pourquoi, ainsi que la page de titre et l'arbre généalogique que je m'étais amusé à dessiner en tête du premier cahier.

Ce n'est plus à Marc seul que ces souvenirs s'adressent, mais en même temps à mes trois autres enfants, Johnny, Marie-Georges et Pierre, à qui je les dédie.

Échandens, le 26 avril 1961.

1

Fontenay-le-Comte (Vendée),
9 décembre 1940.

Mon cher garçon,

D'autres événements ont dû se passer le 13 février 1903.
Grèves ? Arrestations d'anarchistes ? Visite de souverains
à Paris ? Tirage de tombola ? Il suffirait de feuilleter une
collection de journaux de l'époque. Toujours est-il que
l'événement le plus important pour moi comme pour toi a
eu pour théâtre la rue Léopold, qui relie le pont des Arches
à la place Saint-Lambert, à Liège.

Exactement, cela s'est passé au deuxième étage de chez
Cession, le chapelier.

A droite, la maison Hosay, où l'on fabrique et débite
du chocolat Hosay. Un vaste soupirail grillagé sous la
vitrine éclairée par des becs Auer. De ce soupirail montent une bonne chaleur et une bonne odeur de chocolat
qui se répandent sur plusieurs mètres de trottoir. On sent
la maison Hosay trois maisons avant d'y parvenir. On en
emporte les effluves, qui ne vous quittent que trois maisons plus loin. Entre-temps, on colle son nez à la vitrine.
On est debout sur la grille qui vous chauffe les pieds. On
renifle. Il n'y a pas que du chocolat. On vend des gâteaux
à la crème. Ils coûtent dix centimes. C'est énorme. Trois

pour vingt-cinq centimes. Plus tard, quand nous avons été quatre à table, nous en achetions trois à cause de ce rabais. Un petit morceau de chacun des trois gâteaux constituait le quatrième.

Donc, à droite, la maison Hosay.

A gauche, un magasin de confection, ou plus exactement trois magasins de confection les uns à côté des autres, qui se font concurrence.

La rue Léopold est dans le centre de la ville, certes. Le pont des Arches la sépare des faubourgs. Mais c'est la rue où débouchent les tramways qui arrivent de la campagne. On vend des graines. On vend de gros souliers et des sabots. Enfin, on vend de la confection.

Devant chacune des trois maisons, sous le globe de la lampe à arc qui donne une lumière bleuâtre et tremblotante, un homme se tient : redingote noire, faux col haut de dix centimètres, chapeau melon et moustaches cirées. Il crève de froid aux pieds, de froid au nez, de froid aux doigts. Il vise, dans la foule qui passe sur le trottoir, il vise surtout les mamans qui traînent un gosse par la main. Ses poches sont pleines de petits chromos, de devinettes. *Cherchez le Chasseur* ou *Cherchez le Bulgare*. Pourquoi le Bulgare ? Je n'en sais rien. Mais j'ai collectionné longtemps les devinettes où il était question du Bulgare.

Il fait froid. Il pleut. Il fait gluant. Il fait cinq heures du soir et toutes les vitrines sont éclairées.

Chez Cession, des douzaines de chapeaux. Dans le magasin, des gens dépaysés, qui se regardent dans la glace et n'osent pas dire s'ils sont contents de leur image. Mme Cession, en soie noire, guimpe noire, camée et montre avec chaînette en or en sautoir. Des tramways passent de minute en minute, des verts qui vont à Trooz, à Chênée ou à Fléron ; des rouge et jaune qui font sans arrêt le tour de la ville.

Les camelots crient la liste des numéros gagnants de la dernière tombola. D'autres annoncent :

— La baronne de Vaughan, dix centimes !… Demandez la baronne de Vaughan…

C'est la maîtresse de Léopold II. Il paraît qu'un souterrain fait communiquer son hôtel particulier avec le palais de Laeken.

— Demandez la baronne de Vaughan…

Chez Cession, au deuxième étage, dans une chambre éclairée au pétrole, une jeune femme pose un chapeau sur ses cheveux blonds ébouriffés. Elle hésite avant de baisser la mèche et de souffler par-dessus le verre. L'escalier est éclairé par la flamme d'un bec papillon.

Il y a de la lumière sous la porte du premier étage. Elle pourrait frapper. Mais ce sont des gens qui ne fraient pas avec tout le monde, un ménage de rentiers qui passe chaque année un mois à Ostende. Il paraît que le mari joue à la Bourse.

La jeune femme aux cheveux blonds jaillit par la petite porte coincée entre les boutiques et se précipite vers la place Saint-Lambert. Elle est inquiète. Elle n'a pas l'habitude. Les passants qui la frôlent ne savent pas.

Les cris des camelots s'intensifient. Il y a des lampes à arc tous les cinq mètres. Le Grand-Bazar. Vaxelaire-Claes. Puis un troisième grand magasin, plus discret, tissus, mercerie, toiles, lainages : l'Innovation.

Elle entre et il fait chaud, et ça sent bon les toiles écrues.

Au Grand-Bazar, on se bouscule, et les vendeurs le font exprès de lancer les chiffres à voix haute.

13

Ici, on glisse entre les rayons. On sourit discrètement. On palpe. On chuchote. On échange des petits sourires complices.

Et la nouvelle venue sourit à toutes, car elle les connaît toutes, celles de tous les rayons qui, à cause des inspecteurs en redingote, n'osent pas se précipiter vers elle. On regarde son ventre proéminent. Signes interrogateurs : « C'est pour bientôt ? »

Henriette Simenon, qui a vingt ans presque jour pour jour, se tenait, il y a un an encore, derrière le rayon de mercerie. Elle est sortie de l'Innovation pour se marier. C'est une supériorité sur les autres. Mais elle n'est guère plus riche, ce qui compense. Et elle n'est plus ici chez elle, ce qui la gêne.

Rayon des dentelles. Une petite vendeuse à tête de pomme ratatinée, deux disques rouges aux joues, des yeux de Japonaise, un petit chignon noir, le corps coupé en deux comme un diabolo par une large ceinture de cuir verni.

Elle a vu venir Henriette. Regard machinal vers la caisse. L'inspecteur n'est pas là.

Elles s'embrassent, par-dessus les carrés de dentelles.

— Ce soir ?

— Je ne sais pas... Désiré ne rentre pas avant sept heures...

— Attends...

Une cliente à servir. Puis Valérie se précipite vers la caisse centrale. Elle parle bas. M. Bernheim, le sous-directeur, se penche pour regarder de loin son ancienne vendeuse.

— Va m'attendre à la sortie. Le temps de m'habiller...

Les voilà toutes les deux dehors, bras dessus, bras dessous. Valérie a vingt-trois ans, ou vingt-sept, peu importe, elle n'a pas d'âge et n'en aura jamais.

— Il faut d'abord aller prévenir la sage-femme… Tu peux encore marcher un peu ?

Elles trottent. Des rues plus sombres. Des pavés inégaux. Un courant d'air manque de retourner le parapluie qu'elles tiennent devant elles comme un bouclier.

« Second étage. Sonnez deux fois. »

Elles sonnent deux fois. La sage-femme descend, en pantoufles.

— Je serai là dans une heure…

Et Valérie, chemin faisant :

— Tu verras, Henriette, que ce n'est pas si terrible que ça !

— Je me demande si je n'ai pas envie de manger quelque chose.

L'odeur de chez Hosay. Valérie l'entraîne à l'intérieur, choisit un gâteau, et Henriette en regarde le prix.

— Tu n'y penses pas, Valérie…

— Allons !… Laisse-toi faire… Aujourd'hui…

L'escalier est plus pénible à remonter.

— Je me demande si je n'ai rien oublié, s'il y a bien tout ce qu'il faut… Valérie, est-ce que je dois déjà mettre les bons draps ?…

Une cuisine et une chambre. Au-dessus du lit, le portrait d'une vieille mère très digne, voire un peu hautaine. Ruinée et vivant de quelques francs que lui passaient ses enfants, elle ne sortait pas sans ses gants noirs et sans sa capeline, et, dès qu'on sonnait à la porte, elle mettait des casseroles vides sur le feu.

— Mieux vaut faire envie que pitié, ma fille ! On ne te donnera quand même rien !

Elle est morte. Henriette, sa treizième enfant, est restée seule avec elle jusqu'au dernier moment. A seize ans, elle a relevé ses cheveux, rallongé sa robe et s'est présentée à M. Bernheim, le sous-directeur de l'Innovation.

— Quel âge avez-vous ?

— Dix-neuf ans…

Valérie, du rayon voisin, est devenue sa meilleure amie…

Dans la rue, à la sortie, Henriette a remarqué un grand garçon timide, à la barbiche en pointe, aux vêtements sévères.

— Il a une si belle marche…

Il mesure un mètre quatre-vingt-cinq.

Henriette est une toute petite personne et sa tête, à cause des cheveux fous, semble trop grosse pour son corps, comme celle de certaines poupées.

Elle est encore en grand deuil. Le voile de crêpe noir lui touche presque aux pieds.

Henriette couche chez une sœur mariée à un gros épicier. La sœur a deux enfants et, le soir, Henriette leur sert de bonne.

C'est Valérie la plus surexcitée.

— Je suis sûre que c'est pour toi qu'il vient.

C'est elle qui sert de truchement.

— Il s'appelle Désiré… Désiré Simenon… Il a vingt-quatre ans… Il est comptable dans une compagnie d'assurances…

Désiré, jusqu'alors, passait presque toutes ses soirées au patronage. Il faisait partie de la dramatique. Il était souffleur. Et, comme il disposait d'une machine à écrire chez son patron, c'était lui qui recopiait les rôles.

Il s'est présenté à la sœur aînée d'Henriette et à son mari Vermeiren, l'épicier. On a trouvé qu'il n'avait pas d'avenir.

16

Ils se sont mariés quand même. Ils étaient vierges tous les deux.

Il va rentrer. Il rentre, de son pas lent, élastique. Avec ses grandes jambes, dont le mouvement est aussi régulier qu'un métronome, il revient de son bureau des Guillemins en une demi-heure, et jamais il n'a l'idée de s'arrêter à un étalage.

— Mon Dieu, Valérie !... Déjà Désiré...

Heureusement que la sage-femme le suit de près et le met à la porte.

— Allez vous promener sur le trottoir... quand ça y sera, j'agiterai la lampe à la fenêtre...

Les vitrines ont disparu les unes après les autres derrière les rideaux de fer. Les hommes au nez glacé des magasins de confection se sont enfoncés dans la nuit. Les tramways sont plus rares et font davantage de vacarme.

Il y a bien des cafés aux vitres dépolies ou aux rideaux crème dans les petites rues d'alentour. Mais Désiré ne va au café que le dimanche matin, à onze heures, toujours à la Renaissance.

Il regarde déjà les fenêtres. Il ne pense pas à manger. Sans cesse il tire sa montre. Il lui arrive de parler tout seul.

A dix heures, il n'y a plus que lui sur le trottoir.

Il est monté deux fois. Il a écouté les bruits, s'est enfui, effrayé, le cœur malade.

— Pardon, monsieur l'agent...

L'agent de police, au coin de la rue, sous une grosse horloge réclame aux aiguilles figées, n'a rien à faire.

— Vous ne pourriez pas me dire l'heure exacte ?

Puis, avec un sourire contraint, très humble :

— C'est que le temps semble si long quand on attend... quand on attend un événement d'une telle importance...

17

Figurez-vous que ma femme… que, d'un moment à l'autre, nous allons avoir un enfant…

Il explique. Il a besoin d'expliquer. Qu'ils ont vu le docteur Van der Donck, le meilleur spécialiste. Que c'est lui qui leur a renseigné la sage-femme.

— « C'est elle que je prendrais pour ma propre femme… » a-t-il dit. Vous comprenez : si un homme comme le docteur Van der Donck…

Parfois quelqu'un passe, le col du pardessus relevé, et on entend longtemps ses pas dans le dédale des rues. Sous chaque bec de gaz, de cinquante mètres en cinquante mètres, un cercle de lumière jaune et des hachures de pluie.

— Le terrible, c'est qu'on ne sait jamais si, à la dernière minute…

— Pour mon troisième… commence l'agent.

Et Désiré ne s'aperçoit pas qu'il est nu-tête. Il porte des manchettes rondes en celluloïd qui lui tombent sur les mains à chaque geste.

Vingt-cinq ans. Il vient de finir son paquet de cigarettes et il faudrait aller trop loin pour en acheter.

« Si cette femme oubliait d'agiter la lampe !… »

A minuit, l'agent s'en va en s'excusant. Il n'y a plus personne dans la rue, plus de tramways, plus rien que des pas lointains, des portes qui se referment.

Enfin, la lampe…

Il est exactement minuit dix. Désiré Simenon s'élance comme un fou. Ses grandes jambes dévorent les escaliers.

— Henriette !…

— Chut… Pas tant de bruit…

Alors, il pleure. Il ne sait plus ce qu'il fait, ni ce qu'il dit. Il n'ose pas toucher l'enfant, qui est tout rouge.

18

Il règne une odeur fade qui l'impressionne. Valérie vide des eaux.

Henriette, dans les draps qu'on vient de mettre, ceux qu'elle a brodés exprès, sourit faiblement.

— C'est un garçon… dit-elle.

Et alors, sans respect humain, sans s'occuper de Valérie ni de la sage-femme, il prononce en pleurant toujours :

— Je n'oublierai jamais, jamais, que tu viens de me donner la plus grande joie qu'une femme puisse donner à un homme…

Cette phrase, je la connais par cœur, car ma mère me l'a répétée souvent. Elle la répétait à mon père aussi, non sans ironie, quand ils se disputaient.

Je venais de naître, le vendredi 13 février 1903, à minuit dix.

Et c'est ma mère qui a questionné du fond de sa torpeur :

— Quelle heure est-il ?

On lui a dit l'heure.

— Mon Dieu ! Il est né un vendredi 13… Il ne faudra le dire à personne…

Elle le fait promettre à la sage-femme.

— Il ne faut pas qu'il soit né un vendredi 13…

C'est pourquoi quand, le lendemain matin, mon père, accompagné de son frère Arthur, est allé me déclarer à l'Hôtel de Ville, il a fait inscrire, en prenant un air innocent :

— Né le jeudi 12 février.

Voilà, mon cher Man, la page capitale de mon histoire, telle qu'elle m'a été racontée maintes fois par ta grand-mère, par ton grand-père et par cette bonne Valérie.

Je dis Man parce que en ce moment (décembre 1940)

tu t'appelles ainsi. Et quand je dis « tu t'appelles », c'est exact, car c'est toi qui, ne pouvant prononcer Marc (tu as dix-neuf mois), as trouvé ce nom de Man.

Tout est à Man, la maison, la rue, la rivière qui coule sous nos fenêtres, les poissons que les pêcheurs en tirent.

Quant à la rue Léopold, au Grand-Bazar, à l'Innovation, si tu vas un jour à Liège, tu ne les trouveras plus tels que je viens de les décrire. C'est surtout dommage à cause de l'odeur chaude du chocolat Hosay.

Ton grand-père, le grand Désiré, qui avait une si belle marche, tu ne le connaîtras jamais, car il est mort il y a longtemps, mais j'essaierai quand même de te le faire aimer.

Les chiens, les chats, les vaches, les chevaux et les éléphants de cirque ont un pedigree. Qu'importe, puisqu'ils n'en savent rien. Ce n'est après tout qu'un moyen de mieux les vendre.

Quant à certains hommes qui ont aussi un pedigree et qui s'en vantent, comme leurs aïeux n'ont jamais vécu à l'attache ou dans une cage, il est difficile de donner entière créance à leur parchemin.

A défaut d'arbre généalogique, j'essaierai de te faire connaître le petit milieu dont tu es sorti.

Nous sommes en décembre, je l'ai déjà dit. Il paraît que les Simenon sont originaires des environs de Nantes, mais je n'en ai aucune preuve. C'est mon grand-père, dont je te parlerai, qui me l'a toujours répété.

— Un capitaine des armées de Napoléon qui, blessé à la campagne de Russie, a été soigné lors de la retraite dans une ferme du Limbourg et qui a épousé la fille des fermiers.

Je veux bien que, comme dans toutes les histoires de

20

famille, ce soit un capitaine, mais c'était peut-être un simple soldat et cela ne changerait rien à l'affaire. Rien de changé non plus si, au lieu de la fille des fermiers, il s'agissait de la servante.

Toujours est-il que, sans le vouloir, nous nous rapprochons de Nantes, puisque c'est à Fontenay-le-Comte, en Vendée, que j'écris ce début d'histoire.

C'est la guerre tout en n'étant plus la guerre. Nous nous sommes battus avec les Anglais contre les Allemands. Plus exactement, nous avons été battus. Les Allemands sont ici et les Anglais continuent.

C'est une histoire que je te raconterai une autre fois, car c'est en partie l'histoire de ta naissance et de tes premiers pas.

Toujours est-il que nous avons dû quitter notre maison de Nieul-sur-Mer, près de La Rochelle, trop exposée aux bombardements anglais.

Nous nous sommes installés à Fontenay-le-Comte dans une maison qui n'est pas la nôtre – les meubles non plus. Pas même les verres et les assiettes. C'est comme si on empruntait les souliers d'un étranger.

Tu ne t'en aperçois pas.

Tout est à Man.

Tu es en train de gazouiller avec ta maman au-dessus de ma tête dans ce qui te sert de salle de jeux et qui était le boudoir de Mme D..., la femme d'un médecin, d'un médecin de province. Je te raconterai ça plus tard. C'est inouï, le nombre de choses que j'ai à te raconter.

Après déjeuner, nous sommes allés, maman et moi, te promener par la main. Il pleuvait. Tu avais un caban imperméable bleu clair à capuchon trop grand pour toi. Cela tient à ce qu'on ne trouve plus de caoutchouc. La guerre !

Je t'ai acheté un livre d'images.

Tu as reconnu la vache, le chien et les autres animaux, puis tu m'as dit :

— Zut, papa !

Tu m'as regardé et tu as ajouté de toi-même :

— Pas beau !

Pas beau de dire zut à son père. N'aie pas peur. La seule chose que je n'essaierai jamais de t'inculquer, c'est le respect. J'ai eu trop à souffrir du respect qu'on a essayé de me faire vouer à toutes choses, même les moins respectables, parce que je suis né chez Cession, au deuxième, chambre et cuisine sans eau ni gaz, d'une maman vendeuse à l'Innovation, rayon de mercerie, et d'un papa qui a été toute sa vie employé d'assurances.

Ne prononce pas devant ta grand-mère ce mot « employé ». Dis « comptable ». C'est la même chose, mais elle aime mieux ça et les joies lui ont été assez comptées pour qu'on ne lui marchande pas celle-là.

2

Fontenay-le-Comte,
10 décembre 1940.

Le dimanche matin, mon père s'est levé, il faisait encore noir. Il a allumé la lampe, a pris les deux seaux dans le placard du palier et, s'efforçant de ne pas faire de bruit, il est allé chercher de l'eau au premier étage, où il y avait un robinet.

— Mon Dieu, Désiré... a soupiré ma mère.

Cela la peinait vraiment, cela la choquait davantage encore, dans sa conception de ce qui se fait et de ce qui ne se fait pas, de voir un homme, un intellectuel, laver le plancher à grande eau, tordre les torchons, faire la vaisselle de la veille puis, les bras savonneux jusqu'aux coudes, laver mes langes et mes draps.

Il t'arrivera sans doute, passant tôt matin dans une rue, de voir à quelque étage une ou deux fenêtres éclairées. Il y a peut-être une jeune femme dans un lit, un bébé sur son sein, et un grand gaillard gauche et souriant qui s'efforce de mettre de l'ordre.

Deux pièces où il faut tout faire, une cuisine et une chambre à coucher, c'est vite chaud de chaleur humaine. Un simple réveille-matin suffit à animer l'espace de son tic-tac. Le moindre souffle d'air, dans la cheminée, fait

23

ronfler le poêle, et il y a des craquements familiers, qu'on n'entend que dans ces intérieurs-là. Ainsi, chez nous, une armoire peinte en faux chêne a craqué pendant toute mon enfance, on n'a jamais su pourquoi, aux moments les plus inattendus.

— Mon Dieu, Désiré...

Quand les premiers trams ont sonnaillé dans la rue encore bleue des restes de nuit, le logement sentait le propre, et mon père a étendu sur le plancher une vieille couverture à ramages bruns, la couverture du samedi.

Vois-tu, le samedi, on fait le nettoyage « à fond ». Ma mère se mettait à genoux et frottait le plancher au sable. Dès lors, et jusqu'au dimanche matin, il ne fallait plus marcher dessus et c'est pourquoi on étendait cette couverture.

Mon père s'est lavé à son tour. Il a revêtu son uniforme de garde civique, un uniforme gros bleu à passepoils rouges, et il a coiffé un extraordinaire chapeau, un haut-de-forme arrondi ou un melon à coiffe très haute, comme tu voudras, orné de plumes mordorées formant panache comme une queue de coq.

Malgré sa taille, il a dû monter sur une chaise – « Mets un journal dessus, Désiré ! » – pour prendre son fusil au-dessus de la garde-robe, un fusil de guerre, un mauser, au canon surmonté d'un petit chapeau de cuivre jaune.

— Tu crois vraiment qu'il ne faut rien offrir ? Si tu allais vite acheter une bouteille de quelque chose ?

Ma mère a toujours eu peur d'être « en dessous » de ce qui se fait. A tel point que c'en était parfois une torture.

— Mais non ! On n'offre pas à boire dans la chambre d'une accouchée.

— Tu seras rentré quand ta mère viendra ?

Mon père, harnaché comme pour la guerre, a attendu

24

les deux coups de sonnette annonçant la visite de l'accoucheuse et est parti.

Place de Bavière, de l'autre côté du pont des Arches, il a retrouvé d'autres gardes civiques. Des gens endimanchés passaient, allant à la messe de Saint-Pholien. Au coin des petites rues, des colombophiles en casquette guettaient anxieusement les pigeons lâchés pour quelque concours.

— Gardes civiques, à vos rangs !

Un capitaine haut comme une botte, architecte dans le civil, poilu comme un chien barbet, gueulard, pétaradant, et, autour des cinquante faux soldats, les gosses du quartier. Mon père, dépassant tous les autres de la tête et déparant l'alignement.

— Garrrrde à vous !… Prrrésentez, arrrrmes !…

A onze heures, c'est fini. La plupart des gardes civiques, comme des écoliers au coup de cloche de la récréation, se précipitent vers le café proche, et, ce midi-là, les moustaches sentiront l'alcool sucré qui est l'odeur du dimanche.

Mon père, lui, est à la messe. Il a beau habiter rue Léopold, de l'autre côté des ponts, chaque dimanche il revient dans sa paroisse, à Saint-Nicolas. Les Simenon y ont un banc, le dernier de la rangée, le meilleur, parce que le dossier est plus haut que les autres et en bois plein. C'est le banc de la Confrérie de Saint-Roch dont on voit la statue, avec le chien et le genou saignant, contre un des piliers. Et c'est mon grand-père aux grosses moustaches blanches qui, aux messes du dimanche, va de fidèle en fidèle en faisant résonner la monnaie dans une boîte de cuivre emmanchée d'un long bois.

— En l'honneur de saint Roch…

Je dois avouer qu'on entend plutôt : « Heurrr... roc... »

Et j'ai mis des années à comprendre cet appel mysté-rieux. De même, si une pièce tombe dans la sébile, mon grand-père murmure :

— Eu... ou... ante...

Ce qui signifie en réalité : « Dieu vous le rende ! »

Après quoi, rentré dans son banc, il compte les pièces et les glisse une à une dans une fente du banc speciale-ment aménagé pour servir de coffre.

Mon père ne s'agenouille jamais. Il est trop grand pour s'agenouiller dans l'espace étroit. Il se tient très droit, ne baissant la tête – et rien que la tête – qu'à l'élévation et à la communion.

J'ai beau être né de l'avant-veille. Il ne manquera pas sa visite du dimanche matin à ses parents. Aucun de ses frères, aucune de ses sœurs n'oserait davantage y man-quer, et quand, plus tard, j'ai marché seul, quand nous étions trente-deux cousins et cousines issus du vieux Chrétien Simenon, nous défilions chaque dimanche que Dieu faisait rue Puits-en-Sock.

Une rue étroite, commerçante, vieille comme la ville, où le tram passait tellement à ras d'un trottoir de quelques centimètres qu'il y avait peu de jours sans accident.

Mon grand-père était chapelier. Sa boutique était sombre, avec deux grandes glaces glauques pour tout orne-ment intérieur, un arrière-magasin où, dans la pénombre, étaient alignées des têtes en bois.

Il était défendu de passer par le magasin. On emprun-tait un couloir étroit, blanchi à la chaux. On atteignait une cour qui sentait l'eau croupie, le quartier pauvre.

Une grande pièce vitrée sur tout un côté servait de cuisine et elle aurait été claire si les vitres n'avaient été couvertes de vitrauphanie rouge et jaune.

Dans un fauteuil, au fond, Vieux Papa, le père de ma grand-mère. Une carcasse monstrueuse, une vraie carcasse d'ours repliée sur elle-même. Les bras semblaient pouvoir toucher terre. Une face imberbe d'un gris pierreux, aux yeux vides ; une bouche et des oreilles démesurées.

— Bonjour, m'fi !

Il reconnaît chacun à son pas. On frôle des lèvres sa joue râpeuse comme du papier de verre.

Des pains de deux kilos attendent, cuits de la veille, pour toute la famille, pour tous les enfants mariés. Chacun, chaque dimanche, vient chercher le sien.

On s'assied près de la longue table couverte d'une toile cirée brune où treize enfants se sont assis pendant des années.

Invariablement, sur le fourneau, mijote un bœuf à la mode.

— Comment va Henriette ?... J'irai la voir vers deux heures...

Ma grand-mère Simenon a le même teint pierreux que Vieux Papa et elle est froide comme la pierre. Je crois bien qu'elle ne m'a jamais embrassé. Jamais non plus je ne l'ai vue en négligé, ni en toilette. Toujours elle est vêtue de gris, d'un gris ardoise. Ses cheveux sont gris. Ses mains sont grises. Elle porte un seul bijou, un médaillon qui contient le portrait d'un de ses enfants mort en bas âge.

C'est une Wallonne cent pour cent, fille et petite-fille de houilleurs. Vieux Papa était houilleur, et c'est pour cela que sa peau est incrustée de petits points bleus.

On ne parle guère. On se retrouve dans la cuisine, mais on n'éprouve pas le besoin de parler. Une grosse horloge cerclée de cuivre. Le balancier va et vient, entraînant un reflet. Les aiguilles avancent par saccades, avec un déclic de ressort.

Quand il est midi moins dix, mon père se lève, prend son pain, son fusil et s'en va.

En passant devant la pâtisserie, là où le trottoir est le plus étroit, il se souvient que Valérie déjeune à la maison, que c'est dimanche, et il achète une tarte au riz de vingt-cinq centimes.

Déjà quelques enfants se promènent avec des masques ou des nez en carton, car c'est le premier jour du carnaval.

Et ma mère demande à Valérie, qui est venue lui tenir compagnie :

— Tu crois, toi, qu'on aura la guerre ?

C'était en 1903. On parlait beaucoup de la guerre. On en a parlé pendant toute mon enfance. Certains soirs, sous la lampe, tandis que mon père lisait le journal à voix haute, ma mère reniflait, les yeux rouges.

Et, un dimanche sur deux, des années durant, mon père, en tenue de garde civique, est allé faire l'exercice place Ernest-de-Bavière.

Depuis, nous avons eu une première guerre, en 1914. Dès le premier jour, on a renvoyé chez eux les gardes civiques en faction à l'abattoir, en leur conseillant de jeter dans la rivière, du haut du pont de Bressoux, leur fusil et leurs cartouches.

La nuit dernière, des avions anglais se sont succédé au-dessus de Fontenay de dix en dix minutes. Où allaient-ils ? A Bordeaux ? A La Rochelle, où nous avons notre maison ? Nous n'en savons rien. Toujours est-il qu'ils étaient lourds de bombes, que ces bombes, ils allaient les lâcher quelque part et qu'il y aurait des morts, des hommes, des femmes, des enfants. Peut-être même ces bombes étaient-elles pour nous ?

Tu as dormi. Nous avons dormi. Ce matin, nous avons appris par la radio, tout en déjeunant, qu'un pont de chemin de fer a été détruit près de Bordeaux, que plusieurs villes ont été bombardées et que la DCA de La Rochelle a tiré toute la nuit.

Je suis allé, comme chaque matin, au commissariat de police signer ma feuille de présence. Ta mère, dès que tu seras habillé, ira à son tour. Nous devons nous y rendre tous les jours. Nous n'avons pas le droit de quitter le territoire de la commune. Pourquoi ? Parce que nous sommes belges.

Sont considérés comme suspects les étrangers, les apatrides et les juifs.

Pour t'acheter du lait, il faut une carte. Pour acheter du pain, du sucre, de la viande, de l'huile ou du beurre, il faut une carte.

Deux millions de prisonniers, en Allemagne, ont froid et faim. Il y a de par le monde des millions de chômeurs. Londres et les grandes villes anglaises reçoivent chaque nuit une moyenne de mille tonnes de bombes incendiaires ou explosives. Les bateaux se cherchent à travers les mers pour s'envoyer par le fond.

Les rations alimentaires sont à ce point réduites que des milliers d'enfants sous-nourris ne survivront pas au moindre bobo ou seront déficients toute leur vie. Des gens qui ne sont pas pauvres vivent chez eux en pardessus faute de charbon ou de bois.

Et pourtant chacun s'en va tranquillement à ses petites affaires en roulant dans sa tête ses soucis de tous les jours. Des dizaines de milliers d'hommes, à l'heure de l'apéritif, s'attablent dans leur café habituel, et leur principal sujet de conversation est l'absence de pernod, que le gouvernement vient d'interdire.

Peut-être, quand tu seras grand, parlera-t-on de cette guerre-ci comme de la plus importante de l'histoire (on dit toujours ça, mais on parvient toujours à faire plus grand en la matière !).

Ne t'imagine pas alors qu'il n'y avait que les enfants à boire leur biberon comme si de rien n'était. Sache que chaque jour des centaines de milliers d'hommes grands et forts, d'hommes raisonnables, maniaient pendant des heures des petits cartons représentant des rois, des dames, des cœurs, des piques, des carreaux, et que le fait de couper un as ou d'aligner un carré de rois les gonflait de fierté et de joie pour plusieurs jours.

Nous sommes aujourd'hui à Fontenay.

Peut-être demain nous enverra-t-on ailleurs, en Belgique, en Pologne, en Afrique ? On nous donnera vingt-quatre heures pour partir, avec cinquante kilos de bagages, et nous laisserons derrière nous tout ce qui nous a coûté tant de soucis.

On transporte des populations entières ici ou là. On groupe les races. On envoie les uns de tel côté parce qu'ils sont polonais, les autres de tel autre parce qu'ils sont communistes ou israélites.

Rien ne prouve qu'on ne mettra pas les blonds avec les blonds, les yeux bruns avec les yeux bruns, ou les grands avec les grands et les petits avec les petits.

Cela paraît inouï. Ma pauvre mère, pendant vingt ans, a souffert en pensant à la guerre possible.

Elle en a connu deux. Ce n'est pas fini.

Et pourtant, il n'y a rien de changé !

Je parie, je suis sûr, que si on demandait à ma mère quel est le plus mauvais souvenir de sa vie, elle ne parlerait ni d'août 1914, ni du bombardement de sa maison l'année dernière, ni peut-être de la mort de mon père.

Son plus mauvais souvenir, c'est celui du dimanche dont je te parle. Le petit logement au-dessus de chez Cession. Les masques défilant dans la rue. La famille défilant dans la chambre, les sœurs, les belles-sœurs, les frères et les beaux-frères se penchant sur mon berceau, Valérie humblement tassée dans un coin.

Et voilà que ma grand-mère arrive, ma grand-mère qui, pour la circonstance, a franchi les ponts. Le silence qui se fait. Le visage de pierre. L'inspection du bébé grimaçant.

Enfin, la voix qui prononce comme un verdict sans appel, avec un calme effrayant :

— *Qué laid effant !*

C'est du patois. Cela signifie : « Quel laid enfant ! »

Personne ne dit mot. Ma mère, dans son lit, ne parvient même pas à pleurer.

Et ma grand-mère Simenon, avec l'autorité que lui donnent ses treize maternités, ajoute :

— *Il est vert !*

C'est une autre guerre qui vient d'être déclarée, une guerre atroce, celle-ci, sans morts et sans drapeaux, sans musiques et sans gloire.

Ma grand-mère aux treize enfants a passé les ponts, avec sa robe grise et son médaillon, ses gants gris et sa capeline, pour voir l'enfant de l'étrangère, de cette gamine ébouriffée qui n'a pas de fortune, pas de santé, qui n'est pas d'Outremeuse, pas même de Liège, et qui, quand elle se trouve avec ses sœurs, parle une langue qu'on ne comprend pas.

Comment cette Henriette pourrait-elle prendre place, fût-ce le dimanche matin, dans la cuisine de la rue Puits-en-Sock ?

Quand son père est mort, alors qu'elle n'avait que cinq ans, elle ne connaissait pas un mot de français.

Quelle langue, en somme, parlait-elle ? Aucune, à vrai dire. Son père s'appelait Brüll[1], il était né à Herzogen-rath, en Allemagne, juste à la frontière. Sa mère s'appelait Loyens-Van de Weert et était née en Hollande, à la frontière aussi. Une triple frontière où la Hollande, l'Allemagne et la Belgique se touchent, où une maison est à cheval sur deux pays cependant que, de l'autre côté de la Meuse, on en voit un troisième par la fenêtre.

La maison de ses parents était à cheval sur la frontière, entre le Limbourg belge et le Limbourg hollandais, et elle mélangeait tous les patois.

Les Simenon sont chapeliers. Chrétien Simenon a fait son tour d'Europe comme compagnon. Maintenant, c'est un commerçant, et la rue Puits-en-Sock ne serait plus la rue Puits-en-Sock sans la Chapellerie Simenon. Mineur, c'est un métier aussi.

Tout cela est dru et peuple. Pas riche ? Mais cela vit bien, et Désiré est l'intellectuel de la famille. Cela fait partie d'Outremeuse et cela parle volontiers wallon. Chez les Simenon, on n'est pas fier. On a les gens fiers en horreur.

Or, cette petite Henriette, qui n'est jamais qu'une demoiselle de magasin, fait des manières et n'irait pas jusqu'au coin de la rue sans son chapeau et ses gants.

Ses frères, ses sœurs sont de gros commerçants. Il y en a un à Hasselt, un à Saint-Léonard, et Vermeiren, le mari de Marthe, est un des plus riches épiciers de la ville.

Seulement, ces gens-là, ce ne sont pas des gens de leur

---

1. Dans l'édition originale de *Je me souviens…* (1945), la famille Brüll était devenu la famille *Schoof*.

quartier. Ils s'installeraient n'importe où, fût-ce dans un autre pays, avec la même aisance, et ils continueraient à parler flamand entre eux et à manger leur cuisine.

La mère Simenon a bien prévenu Désiré :

— Marie-toi si tu veux. Tu verras ce qu'elle te fera manger.

Qu'était le père Brüll, d'ailleurs, que personne n'a connu et dont Henriette, elle-même, se souvient à peine ?

Bourgmestre d'Herzogenrath, le voilà qui s'installe dans la plaine la plus basse du Limbourg, à Neeroeteren, où il monte une exploitation agricole.

Pourquoi n'y reste-t-il pas ? Pourquoi, avec ses treize enfants, car il en a treize aussi, vient-il à Herstal, où il se fait marchand de bois ?

Les Simenon, eux, ne sont pas des gens qui déménagent et qui changent de métier. Tout ce qui bouge leur est suspect. On est ce qu'on est, une fois pour toutes, employé, menuisier, casquettier, riche ou pauvre.

Or, à Herstal, les Brüll ont été riches. Ils ont eu jusqu'à quatre péniches sur le canal pour transporter leur bois et des chevaux plein l'écurie. Albert, le frère aîné, allait chasser avec les nobles. Pendant que Léopold, forte tête, était garçon de café à Spa.

Chez les Simenon, il n'y a jamais eu de garçon de café !

Ni d'ivrogne ! Or, le père Brüll s'est mis à boire. Un jour qu'il était ivre, il a avalisé des traites pour un ami.

Trois mois après, on vendait tout, les péniches, les chevaux et jusqu'au mouton vivant qui servait de jouet à ma mère.

Ça n'en restait pas moins fier et ça mettait des casseroles au feu pour impressionner les gens. Peut-être même cela mangeait-il de la margarine ?

Les frères et les sœurs, qui font tant de manières, ont-ils seulement aidé Henriette, la petite treizième, quand elle est restée orpheline ? Lui ont-ils donné une dot pour se marier ?

Au contraire ! Son frère Albert, qui est déjà un important marchand de bois et de fourrage et qui a épousé une aristocrate, est venu lui prendre les deux ou trois vieux meubles de famille et lui a donné des meubles en bois blanc à la place !

— Je vous dis qu'il est vert ! Si vous voulez mon avis, vous feriez bien d'appeler le médecin !

Là-dessus, la maman Simenon s'assied pendant quelques minutes, pour qu'on ne puisse pas dire qu'elle n'a pas voulu s'asseoir chez sa bru. Elle refuse le morceau de tarte qui reste de midi. Dans l'escalier, où son fils la reconduit, elle soupire :

— Pauvre Désiré !... J'ai bien peur...

A cinq heures, alors que le carnaval bat son plein et que la rue Léopold est étoilée de confettis, bruyante de trompettes en bois et de mirlitons, le docteur Van der Donck pose sa trousse sur la table et m'ausculte.

J'ai une bronchite. Mon père court les rues à la recherche d'un pharmacien. Ma mère pleure et Valérie renifle en essayant de sourire.

Quand mon père rentre, essoufflé, des fioles à la main, il ne trouve rien à dire, car il fait quand même partie de la rue Puits-en-Sock.

Il veut mettre de l'eau sur le feu.

— Laisse ! Valérie va le faire...

Et Maria Debeurre doit venir. Elle vient tard, exprès, pour ne pas gêner la famille. C'est une vendeuse de l'Innovation.

Ainsi, tandis que le soir tombe, illuminé des feux de

Bengale du carnaval, une nouvelle intimité se soude autour de moi ; celle des demoiselles de magasin qui étaient voilà un an encore trois jeunes filles.

Mon père, avec son mètre quatre-vingt-cinq, ne sait où se mettre.

3

Fontenay-le-Comte,
11 décembre 1940.

Huit heures vingt du matin. La voisine pourrait dire
l'heure sans consulter son réveil, des commerçants qui
retirent leurs volets savent s'ils sont en retard ou en
avance : le grand Désiré passe, allongeant les jambes à un
rythme si régulier qu'elles semblent chargées de mesurer
la fuite du temps. Il ne s'arrête guère en route. Gens et
choses ne paraissent pas l'intéresser et pourtant il sourit,
comme aux anges. Il est très sensible à la qualité de l'air,
à un peu de fraîcheur en plus ou en moins, à des sons
lointains, à de mouvantes taches de soleil. Le goût de
la cigarette du matin varie selon les jours et pourtant ce
sont des cigarettes de la même marque, des Luxor à bout
de liège.

Il est vêtu d'un veston à quatre boutons, fermé très haut,
descendant très bas, sans rien qui marque la taille. Tissu
noir ou gris sombre. Ses yeux sont d'un beau marron,
pétillants, le nez fort, retroussé à la Cyrano, les moustaches retroussées aussi. Il porte une barbiche étroite, les
cheveux rejetés en arrière, et ses tempes déjà dégarnies lui
font un grand front.

— Un front de poète ! dit ma mère.

C'est elle qui choisit ses cravates. Les couleurs lui font peur, car elles sont un signe de vulgarité. Ce qui fait distingué, ce sont les mauves, les violets, les lie-de-vin, les gris souris, avec de menus dessins, des arabesques presque invisibles.

La cravate achetée – une à chaque fête de mon père – on la monte sur un appareil en celluloïd et, désormais, elle ne changera pas davantage que si elle était en zinc découpé, ou peinte sur le plastron empesé.

Désiré, invariablement, arrive rue Puits-en-Sock à l'heure où les commerçants arrangent leur étalage et nettoient le trottoir à grands seaux d'eau. C'est l'heure aussi où son père se tient sur le seuil de la chapellerie, une pipe d'écume à la main.

— Bonjour, père.

— Bonjour, fils.

Ils n'ont rien d'autre à se dire, mais Désiré reste un moment debout à côté de Chrétien Simenon. Toute la rue les connaît. On sait que Désiré ne fait plus partie de la rue Puits-en-Sock, qu'il est marié, qu'il travaille du côté des Guillemins. On trouve très bien qu'il vienne chaque matin, hiver comme été.

— Je vais dire bonjour à maman...

La boutique d'à côté s'appelle l'Hôpital des Poupées. La vitrine est pleine de poupées de toutes tailles. Le vieux Krantz, qui, lui, fume une pipe allemande en porcelaine, est sur le seuil, comme le vieux Simenon.

Ils ont un peu l'air, le matin, de deux gamins qui s'attendent à la sortie de l'école. Désiré est entré dans la maison ? Donc, c'est l'heure. Se font-ils un clin d'œil ? En tout cas, il y a un signe, une seconde précise où ils se comprennent, et le vieux Krantz, fermant la porte de sa boutique, fait quelques pas et entre dans la chapellerie.

Dans l'arrière-magasin, parmi les têtes de bois, mon grand-père tire d'un placard une bouteille de liqueur hollandaise (du Kempenaar), emplit religieusement deux verres minuscules.

Alors seulement, le verre à la main, les deux vieux se regardent. C'est presque une cérémonie. Jamais ils ne boivent un second verre. Ils ne prendront ni alcool ni vin du reste de la journée.

Ils se regardent avec une douce satisfaction, comme s'ils mesuraient le chemin parcouru, mon grand-père depuis l'époque où, en Italie, couchant dans les granges, il apprenait à tresser la paille des chapeaux et essayait en vain de se faire comprendre des gens du pays, le vieux Krantz, dont le français n'est possible que pour les initiés, depuis qu'il a quitté les faubourgs de Nuremberg.

Déjà des fers chauffent et des chapeaux attendent. Chez Krantz, la colle fond doucement et les membres épars des poupées encombrent l'établi. Le boulanger d'en face, s'essuyant les mains blanches à son tablier, vient un instant sur son seuil et cligne des yeux dans le soleil.

Quand Désiré ferme la porte vitrée de la cuisine, sa mère est seule et il l'embrasse. Elle ne l'embrasse pas. Elle n'embrasse personne depuis la mort de sa fille, celle dont le portrait est enfermé dans le médaillon d'or.

On a beau être tôt matin, ses cheveux sont bien lissés, tirés en arrière, et elle paraît aussi habillée en tablier de cotonnette à petits carreaux qu'en robe de sortie. Rien n'enlève à sa dignité sereine, ni d'éplucher les légumes, ni de laver la vaisselle, ni, le vendredi, de récurer les cuivres. Jamais non plus la cuisine, où défilent tant de personnes, où ont vécu tant d'enfants, n'est en désordre.

Vieux Papa en a profité pour se lever de son fauteuil et gagner la cour, car sa cécité ne l'empêche pas de circuler dans la maison et dans le quartier, où tout le monde le connaît, comme un gros chien familier.

— Ça sent bon ! a dit Désiré, autant parce que ça sent vraiment bon et qu'il est gourmand que pour faire plaisir à sa mère.

La soupe est déjà au feu. Elle est au feu chaque matin avant que la famille se lève. Un poêle a été fabriqué exprès pour les Simenon au temps où ils étaient treize enfants, treize estomacs insatiables – une famille où personne ne poussait la porte sans lancer, tel un cri de guerre, un tonitruant : « J'ai faim ! »

Faim à toute heure, à dix heures du matin, à quatre heures de l'après-midi, chacun, au début des repas, coupant et rangeant à côté de son assiette cinq ou six tranches de gros pain.

La cuisinière a des fours à plaques tournantes où l'on peut cuire des tartes de cinquante centimètres de diamètre.

Du matin au soir, la bouilloire chante, flanquée de la cafetière en émail blanc à fleurs bleues où il y a un coup près du bec depuis des temps immémoriaux.

— Tu veux un bol de soupe ?

— Mais non, maman...

— Cela veut dire oui...

Il vient de manger du lard et des œufs. Le chapeau en arrière, il n'en mange pas moins la soupe, puis un morceau de gâteau qu'on lui a gardé de la veille.

Sa mère ne s'assied pas. On ne la voit jamais à table. Elle mange debout, en servant les autres.

— Qu'est-ce que le docteur a dit ?

Au son de sa voix, on sent tout de suite que c'est une femme à qui il ne faut pas essayer de mentir.

— Le lait n'est pas assez fort...

— Qui est-ce qui avait raison ?

— Elle a pleuré toute la nuit…

— Je savais bien qu'elle n'avait pas de santé. Enfin !…

L'horloge… Désiré, de temps à autre, lance un coup d'œil aux aiguilles. Son temps est compté à la minute près. A neuf heures moins le quart précises, il doit franchir le pont Neuf, où il y a une horloge pneumatique qui retarde de deux minutes. A neuf heures moins cinq, il tourne l'angle du boulevard Piercot et du boulevard d'Avroy, ce qui lui permet d'être à son bureau, rue des Guillemins, à neuf heures moins deux, deux minutes avant les autres employés, à qui il ouvre la porte.

— Qu'est-ce que tu as mangé hier ?

A la vérité, ce grand corps de Désiré n'aime que les viandes bien cuites, les pommes frites, les petits pois et les carottes au sucre. Sa Flamande de femme n'aime que les potées grasses, le chou rouge, les harengs saurs, les fromages forts et le lard gras.

— Est-ce qu'elle sait seulement faire les pommes frites ?

— Je vous assure, maman…

Il ne veut pas lui faire de la peine. Pourtant, il aimerait lui dire qu'Henriette fait les pommes frites aussi bien que…

— Tu ne m'as pas apporté tes cols ?

Il les a oubliés. Chaque semaine, les garçons mariés apportent à leur mère faux cols, manchettes et plastrons, car elle seule sait repasser. Elle seule sait faire la saucisse et le boudin blanc, et les « bouquettes » de Noël, et les gaufres du Nouvel An.

— Ne les oublie pas demain… Encore un peu de soupe, de vraie soupe de chez toi ?…

Il y a des trous dans la vitrauphanie, des trous que les

enfants ont faits exprès avec leurs ongles. On aperçoit des morceaux de la cour, un escalier qui conduit aux étages. Ce sont des pauvres gens qui habitent au-dessus du magasin, de ces femmes qu'on voit toujours en châle noir et sans chapeau, un filet à la main, les talons tournés…

A droite, il y a la pompe, et, quand on pompe de l'eau, cela s'entend trois maisons plus loin. La dalle est toujours humide comme le museau d'un bœuf, avec, sur le côté, de la bave verdâtre.

Il y a aussi un tuyau de zinc. Parfois quelque chose dégouline, puis tout à coup on voit jaillir un gros jet d'eau sale qui sent mauvais, l'eau sale des gens d'en haut.

Enfin, la cave. L'escalier en pierre est couvert de planches qu'on a doublées de zinc. Cela forme un lourd panneau de deux mètres qu'il faut retirer à chaque fois. On a construit ce panneau quand les enfants étaient petits, car ils dégringolaient tous dans la cave.

Qui y est allé ce matin ? Le panneau est retiré et c'est Vieux Papa que Désiré voit émerger, essayer de se glisser sans bruit dans le couloir qui mène à la rue.

Sa mère l'a vu en même temps que lui. Elle voit tout. Elle entend tout. Elle sait tout. Elle sait même ce que mangent les gens d'en haut rien qu'à voir l'eau sale qui sort du tuyau de zinc.

— Vieux Papa !… Vieux Papa !…

Il fait celui qui n'entend pas. Le dos rond, les bras pendants, il tente de continuer sa route, mais elle le rattrape dans l'étroit couloir.

— Qu'est-ce que vous êtes encore allé faire à la cave ? Montrez vos mains…

Elle ouvre, presque de force, les grosses pattes qui ont tant manié de charbon dans la mine qu'elles ont l'aspect d'outils usés.

41

Naturellement, une des mains contient un oignon, un oignon rouge, énorme, que Vieux Papa allait croquer comme une pomme en se promenant.

— Vous savez bien que ça vous fait mal... Allez !... Attendez, vous avez encore oublié votre foulard...

Et, avant de le laisser partir, elle lui noue un foulard rouge autour du cou.

Pendant ce temps-là, debout dans la cuisine, Désiré règle sa montre sur l'horloge, comme il le fait chaque matin. Tout à l'heure, son frère Lucien viendra faire la même chose. Arthur aussi. Les enfants ont quitté la maison, mais ils savent bien qu'il n'y a que l'horloge de cuivre de la cuisine à marquer la bonne heure.

L'horloge sera un jour pour Désiré. C'est décidé depuis longtemps, depuis toujours. Il n'y a pas beaucoup d'objets de valeur dans la maison, mais le partage est déjà fait. Céline, la plus jeune, à qui sa mère a appris à cuisiner et à faire la tarte, aura la cuisinière. Arthur a réclamé les chandeliers de cuivre qui sont sur la cheminée de la chambre. Restent l'horloge et le moulin à café. Lucien aurait bien voulu l'horloge. Mais Désiré est son aîné. D'ailleurs, aucun moulin ne moud si fin que celui-ci.

— Tu t'en vas ?

— Il est l'heure...

— Enfin...

Elle dit « enfin » comme s'ils venaient d'avoir une longue conversation.

— Enfin... Si elle a besoin de quelque chose...

Rarement elle prononce le nom de ses belles-filles, d'Henriette, de Catherine, la femme de Lucien, de Juliette, la femme d'Arthur, à plus forte raison de la femme de Guillaume, qui n'est pas tout à fait sa femme, car elle est divorcée et ils ne sont pas passés par l'église.

Un coup de tisonnier dans le poêle. Désiré gagne le trottoir, met ses jambes à leur rythme et allume sa seconde cigarette de la journée.

Jamais, tant que sa mère a vécu, il n'a manqué sa visite quotidienne rue Puits-en-Sock. Jamais Lucien ni Arthur n'y ont manqué. Seul Guillaume, le transfuge, l'aîné de tous les enfants pourtant, qui est allé ouvrir un magasin de parapluies à Bruxelles…

A cause de ce départ de Guillaume, justement, Désiré, rue Puits-en-Sock, est considéré comme l'aîné. En outre, Guillaume n'aura pas d'enfants. Sa femme ne peut pas lui en donner.

Désiré est le plus intelligent, le plus instruit. Il a fait, jusqu'en seconde, ses humanités latines, et c'est lui qui écrit les lettres difficiles pour ses frères et sœurs, voire pour des voisins. Il est dans les assurances et donne des conseils.

Or, rue des Guillemins aussi, il est le principal employé, malgré son âge. Personne ne discute sa supériorité. La preuve, c'est qu'il a la clé des bureaux.

Le patron, M. Mayeur, habite rue des Guillemins, une grosse maison triste en pierre de taille. Les bureaux sont une sorte d'annexe de cet immeuble et donnent rue Sohet. Un jardin sépare les deux bâtiments.

M. Mayeur est malade, a toujours été malade et triste, comme sa mère, avec qui il vit et qui est – coïncidence – la terreur des demoiselles de magasin de l'Innovation, où elle passe ses après-midi.

M. Mayeur a acheté un portefeuille d'assurances pour placer son argent, pour ne pas avoir l'air de ne rien faire. Désiré était dans l'affaire avant lui.

Deux fenêtres grillagées qui ouvrent sur la tranquille rue Sohet. Une porte à gros clous.

Il y a certainement, au moment où Désiré la pousse, à neuf heures moins deux, une dignité, une satisfaction spéciales qui font de lui un autre homme, un autre Simenon, aussi vrai que l'autre, aussi important, car la vie du bureau prend neuf heures par jour, et ce n'est pas une tâche quelconque, un gagne-pain, une corvée.

Désiré est entré dans ce bureau aux fenêtres grillagées à dix-sept ans, le jour où il a quitté le collège, et c'est là qu'il mourra, seul, derrière le guichet, à quarante-cinq ans.

Une cloison délimite la partie réservée au public, comme dans un bureau de poste, et c'est déjà une satisfaction de passer de l'autre côté de cette cloison. D'épais vitraux verts empêchent de voir dans la rue, créant une atmosphère spéciale qui n'est celle de nulle part ailleurs. Avant de retirer son pardessus et son chapeau, Désiré remonte l'horloge. Il a horreur des horloges arrêtées.

Il fait tout minutieusement, avec un égal plaisir. Quand il se lave les mains, à la fontaine qui est derrière la porte, c'est une caresse, une joie. Une joie encore de découvrir la machine à écrire à double clavier, de changer la gomme, les crayons, les papiers de place.

Les autres peuvent arriver : Verdier, pétulant, mais qui a la vulgarité d'un voyageur de commerce et parle beaucoup trop, surtout avec les clients ; Lodemans, un célibataire pâle, aux yeux trop petits dans des paupières blêmes, aux poils incolores, qui sent mauvais et ne bronche pas quand on se bouche le nez en le regardant ; Lardent enfin, qui fait ce qu'il peut, surtout des gaffes, s'en excuse, bafouille, a toujours sommeil parce que sa femme est malade et qu'il passe une partie des nuits à la soigner et à veiller les gosses.

— Bonjour, monsieur Simenon.

— Bonjour, monsieur Lardent… Bonjour, monsieur Lodemans…

Car tout le monde, au bureau, s'appelle monsieur.

Sauf mon père et Verdier, qui s'appellent par leur nom, car ils ont débuté ensemble, à trois jours près.

C'est une tragédie à laquelle ma mère fera souvent allusion quand elle reprochera à mon père son manque d'initiative.

— *C'est comme…*

J'ai toujours entendu les reproches commencer par ces deux mots, annonciateurs d'orages, de larmes et de migraines.

— C'est comme quand tu as eu le choix entre l'assurance incendie et l'assurance vie…

Est-ce que mon père a vraiment choisi la branche incendie par amour de son coin près de la fenêtre aux vitraux verts ?

C'est possible. Pourtant, son argument se défend.

— A cette époque, on ne pouvait pas prévoir le succès des assurances vie…

Quand M. Mayeur a racheté le portefeuille, mon père gagnait cent cinquante francs par mois ; Verdier seulement cent quarante.

— Je ne vous augmente pas, mais je vous donnerai un pourcentage sur les affaires qui vous passeront par les mains. L'un de vous s'occupera de la branche incendie, l'autre de la branche vie. Vous êtes le plus ancien, monsieur Simenon. A vous de choisir…

Mon père a choisi la branche incendie, de tout repos, n'exigeant que de rares visites aux clients.

Or, c'est à cette époque que les assurances sur la vie ont pris un prodigieux essor.

Rien n'est changé en apparence. C'est mon père qui,

à dix heures, pénètre dans le bureau de M. Mayeur. C'est mon père qui a la clé. C'est mon père qui détient la procuration. C'est lui qui connaît le chiffre du coffre et qui le referme chaque soir.

Verdier n'est qu'un employé, un employé assez vulgaire, rigoleur et bruyant. Il y a souvent des erreurs dans ses comptes. Il a encore plus souvent besoin de demander conseil.

Seulement Verdier se fait jusqu'à trois cents francs par mois de primes, tandis que mon père s'en fait à peine cinquante.

Il est si prospère que, lorsque sa femme est morte, il a pu mettre ses deux filles au couvent des Ursulines, où ma tante est religieuse, l'institution la plus chère et la plus élégante de la ville. On prétend qu'il entretient une maîtresse.

— Enfin ! se révolte ma mère, je ne comprends pas qu'un homme si vulgaire, beaucoup moins intelligent et moins instruit que toi…

Mon père ne perd rien de sa sérénité.

— Tant mieux pour lui ! Est-ce que nous manquons de quelque chose ?

— Il paraît qu'il boit.

— Ce qu'il fait en dehors du bureau ne me regarde pas.

Je suis sûr que le mot « bureau », dans l'esprit de mon père, prend une majuscule. Il aime ses grands-livres et ses yeux sourient quand, les lèvres légèrement frémissantes, le doigt courant le long des colonnes, il fait une addition plus vite que n'importe qui, affirment ses collègues.

On affirme aussi qu'il ne s'est jamais trompé. Ce n'est pas un mot en l'air. C'est un acte de foi.

— Simenon ? Il n'a pas besoin de consulter les barèmes…

Je ne sais pas si un jongleur, après dix ans de métier, éprouve encore quelque joie à réussir tous ses tours, à rattraper toutes les boules dans le chapeau haut de forme en équilibre sur son cigare en bois.

Mon père, à quarante ans, avait le même plaisir à ouvrir la porte de son bureau, à ouvrir son grand-livre.

— Dites-moi, monsieur Simenon, en supposant que j'augmente le risque locatif de cinquante mille francs et que j'installe un garage avec dépôt d'essence…

La même joie, j'en suis sûr, que celle du brillant causeur à qui on réclame une histoire. Quelques secondes de réflexion à peine, sans effort, en souriant. Rien dans les mains, rien dans les poches.

Un chiffre lancé avec assurance. Et on pouvait le contrôler ensuite ! Il était exact, au centime près !

Voilà pourquoi, mon petit Marc, ton pauvre grand-père a été un homme heureux. Heureux dans son ménage, qu'il voulait à sa mesure. Heureux dans la rue, où il n'enviait personne, heureux dans son bureau, où il se savait le premier.

Je crois bien qu'il vivait chaque jour une heure et demie de bonheur parfait. Cela commençait à midi, quand Verdier, Lardent, Lodemans s'en allaient comme des pigeons qu'on lâche.

Mon père restait seul, car le bureau était ouvert sans interruption de neuf heures du matin à six heures du soir.

C'est lui qui avait réclamé cette garde, qu'il aurait pu confier à un autre.

Les clients étaient rares. Le bureau lui appartenait vraiment. Il avait du café moulu dans un sachet. Il mettait de l'eau à chauffer sur le poêle.

Puis, dans son coin, après avoir étalé un journal, il mangeait lentement une tartine en buvant son café.

En guise de dessert, un travail bien difficile ou délicat qui réclamait de la tranquillité. Je sais même, car je suis allé souvent le voir à cette heure-là, pour lui demander de l'argent à l'insu de ma mère, qu'il retirait parfois son veston.

Alors, en manches de chemise, il était vraiment chez lui !

A une heure et demie, une autre joie de choix l'attendait. Ses collègues revenaient au labeur, l'estomac plein, la bouche maussade. Lui s'en allait et prenait à rebrousse-poil la file des travailleurs. Il rentrait chez lui. Un déjeuner spécial l'attendait au bout de la table. Un déjeuner fait pour lui seul, avec des petits plats sucrés.

Quand, ensuite, il traversait à nouveau la ville, c'était la ville de trois heures de l'après-midi, celle que les employés de bureau ne connaissent pas, et je suis sûre que cette ville-là lui semblait meilleure.

Quant à moi, en dépit des larmes de ma mère, qui se jugeait responsable de la pauvreté de son lait, le docteur Van der Donck m'avait mis au régime des biberons « système Soxlet ».

La maison de la rue Léopold était froide, le logement obscur. Habiter une grande artère commerçante, c'est n'habiter nulle part. Le quartier, en dehors de ses magasins, n'avait aucune vie intime. Quel rapport entre les Simenon du second, jeune ménage d'employés, les rentiers du premier et les Cession du rez-de-chaussée ? Quant aux habitants des maisons voisines, on ne les connaissait pas.

Des gens qui viennent vivre là par hasard, un certain temps, faute de trouver place ailleurs, ou pour être plus près de leur travail. Des trams toute la journée et un flot de foule anonyme.

Je me portais mal. J'étais toujours vert, selon le mot de ma grand-mère. Je vomissais tout ce que je mangeais. Je pleurais au lieu de dormir.

Et ma mère n'avait aucun bureau pour se calmer les nerfs, aucune oasis, aucune échappée sur d'autres horizons.

Ses sœurs étaient trop occupées de leur côté pour venir la voir. Ses belles-sœurs ne s'inquiétaient pas d'elle. Valérie et Maria Debeurre passaient dix heures par jour à l'Innovation.

Il n'y avait que la vieille maman de Valérie, Mme Smets, à venir chaque vendredi s'asseoir dans le même fauteuil, un fauteuil d'osier, le seul de la cuisine, et à rester tout l'après-midi immobile, un sourire figé aux lèvres, tellement enfantin qu'on ne se sentait pas le courage de lui parler de choses sérieuses.

A cette époque, il n'existait pas de voitures d'enfant pliantes. Mon landau était garé au rez-de-chaussée, en dessous de l'escalier, et il fallait le déplacer pour descendre à la cave.

Mme Cession n'osait rien dire en face à ma mère, encore moins à mon père, dont elle avait peur, peut-être à cause de sa taille.

Mais deux ou trois fois par jour on l'entendait glapir dans le corridor :

— Encore cette voiture ! Cela devient impossible, à la fin ! On n'a pas le droit d'encombrer les gens de la sorte...

Ma mère entrebâillait la porte, écoutait, puis éclatait en sanglots. Boulotte, blonde, frisottée, elle avait l'air d'un ange chanteur de Van Eyck et ce n'était qu'un petit paquet de nerfs.

— Écoute, Désiré, il faut absolument...

Mon père, ses grandes jambes étendues, au coin du feu, ne me voyait pas vert. La rue Léopold, le soir, était moins bruyante et il disait du vacarme des tramways :

— Cela tient compagnie...

Et, de Mme Cession :

— Laisse-la crier. Qu'est-ce que cela peut te faire ?

Changer de logement, changer de quartier, d'atmosphère, d'habitude... Ne plus voir les mêmes vitrines, le même agent à la même place, au même moment...

Sa tendresse allait à une tache brune du papier de tapisserie, à l'éraflure de la porte, au petit disque de soleil qui dansait le matin sur le marbre du lavabo quand il se rasait.

— Qu'est-ce qui te dit que nous serons mieux ailleurs ?

— Tu es bien un Simenon !

Sais-tu, mon petit Marc, que pour le moment, tu as un peu le même attachement aux choses que ton grand-père ?

Aucune peine ne t'a encore effleuré, aucun départ, aucune séparation. Cependant, il y a un mot que tu prononces avec une nostalgie émouvante : « Il est parti... »

Tu ne dis pas « il est parti ». Tu prononces : « Il est *pâti*... »

A ce moment-là, c'est presque comme si tu pressentais tous les déchirements des départs.

Une auto passe. Son grondement s'éteint.

Et toi, tu murmures gravement, comme si un peu de ton univers te lâchait :

— Elle est *pâtie*...

Les nuages glissent sous le ciel. Tu les regardes, tu les montres du doigt et, soudain triste :

— Le vent, il est *pâti*...

Tu prononces : « *le vont…* »

Et tu répètes, un registre plus bas :

— Il est *pâti*, le *vont* !

Ton père et ta mère, eux, sont *pâtis* souvent. Ils ont passé leur vie à *pâtir*. Et quand, après ta naissance, ils ont souhaité de rester un peu en place, les événements se sont chargés de les faire *pâtir*, *pâtir*, qui sait, *pâtir* demain peut-être ?

Ton grand-père est *resté* toute sa vie. Pour faire franchir un pont à son petit ménage, pour que nous allions nous installer rue Pasteur – un voyage d'un kilomètre ! – il a fallu que ta grand-mère, poussant le landau lie-de-vin (le lie-de-vin fait distingué), se mît en personne à la recherche d'un nouveau logement.

Il a fallu…

Ce n'est sûrement pas Valérie qui a osé lui donner ce conseil. Elle avait trop de respect de l'homme, du mâle, de mon père. Quand ma mère risquait une critique, l'ombre d'une critique, il fallait l'entendre murmurer avec effroi :

— Mon Dieu, Henriette !…

Comment ! Avoir un homme, un homme à soi, un homme qui a daigné… et oser…

— Mon Dieu, Henriette !…

Sans doute est-ce Maria Debeurre, qui est devenue plus tard Petite Sœur des Pauvres et que j'ai vue, en cornette, à l'Hôpital de Bavière, retourner les grands malades comme des crêpes, qui a déclaré :

— Si tu ne mets pas Désiré devant le fait accompli…

Ce soir-là, derrière la porte entrouverte, ma mère attendait, frémissante, et elle en avait pleuré d'avance. Le pas de mon père, ce pas dont l'angine de poitrine seule a pu troubler la cadence.

51

— Écoute, Désiré… Ne te fâche pas… J'ai loué…

Elle a dit ça tout à trac et elle est déroutée parce que mon père ne répond pas, ne bronche pas, se contente de m'embrasser dans mon berceau.

— Tu m'en veux ?

Et lui, simplement :

— Où est-ce ?

Elle n'a pas encore compris que ce qui compte, c'est la décision, c'est la responsabilité d'influencer si peu que ce soit le destin. Quand celui-ci, qui déverse tant de malheurs sur le pauvre monde, vous oublie dans votre coin, à quoi bon le provoquer, aller à sa rencontre, lui crier : « Psstt !… Hé là !… Je suis ici… »

— Rue Pasteur…

Mon père se contente de parcourir en imagination le chemin de la rue Pasteur à la rue Puits-en-Sock. C'est encore plus près que de la rue Léopold. Et puis c'est outre-Meuse. Cela dépend de la paroisse Saint-Nicolas.

— Tu as bien fait. L'ennui, c'est qu'il va falloir prévenir Mme Cession.

— Je l'ai fait… Cet après-midi, elle criait encore à cause de la voiture et j'en ai profité pour…

— Alors tout va bien. Qu'est-ce qu'il y a à souper ?

Il s'est mis, pour m'amuser, à imiter le tambour.

4

Dimanche matin, mon petit Marc, nous sommes allés nous promener par la main, toi et moi, dans les rues calmes de la petite ville. Tous les passants étaient endimanchés. Les hommes, rasés de frais, sentaient la poudre et l'eau de Cologne. J'ai presque regretté de ne m'être pas habillé autrement que les autres jours.

Il y avait des cloches dans l'air. Tu les appelles des « naneaux », des anneaux, comme si tu sentais que le son des cloches dessine des anneaux dans l'espace.

Tout le long de la berge se tenaient des pêcheurs. Tu regardais sortir les ablettes et les gardons de l'eau. Tu disais, car il y avait un clair soleil :

— Chaud, le soleil !

Puis une fenêtre s'est ouverte, chez nous, de l'autre côté de l'eau, et tu as vu maman qui te souriait de la fenêtre.

Notre dimanche matin n'aurait pas été complet si nous n'avions été acheter mes journaux et un livre d'images pour toi. J'ai voulu aussi, comme mon père le faisait jadis, rapporter un gâteau à la crème, et tu es sorti de la pâtisserie avec un bonbon à la main.

— Dis merci au monsieur…

Au Café du Pont-Neuf, où nous sommes entrés, tu t'es hissé, petites jambes pendantes, sur la banquette de velours grenat.

As-tu enregistré toutes ces images d'un dimanche matin de petite ville ?

Peu importe. Ce qui est plus extraordinaire, vois-tu, c'est que ta mère et moi t'avions amoureusement aménagé, pour tes premiers regards, pour tes premières impressions, un cadre à notre idée. Nous avons ouvert les yeux, elle et moi, dans de froids faubourgs de villes, et nous nous étions juré que tes premiers souvenirs seraient différents des nôtres.

Après avoir couru le monde pendant vingt ans, les capitales comme les mers, les forêts vierges et les steppes, nous avions conçu… ne ris pas ! *la maison où nous aurions voulu naître.*

A tout le moins la maison d'une grand-mère ou d'une tante chez qui on va le dimanche et le jeudi, et chez qui on passe les vacances.

Une maison de campagne bien sûr. Pas un château, cette folie nous a passé. Mais une maison qui soit vraiment la maison, qui se suffise en quelque sorte à elle-même, avec ses armoires pleines de provisions, son potager, son verger, ses pommes qui se dessèchent lentement et qui embaument le fruitier, son linge blanc dans les commodes, le bruit de la bêche dans le jardin ou celui du râteau sur le gravier des allées, le jet d'eau sur la pelouse, qui tourne tout seul et forme des arcs-en-ciel dans le soleil…

Tout ce que, gamin et fillette des villes, nous n'avions connu, ta mère et moi, que par ouï-dire ou lors de trop brèves vacances : la vache familiale et le beurre que l'on fait chaque matin dans la baratte, le poulailler dont le coq vous réveille dès le lever du soleil, les grappes de petites groseilles rouges, les treilles dont le sulfatage bleuit par places la chaux blanche de la maison, l'escalier qui craque, le poirier dont on cueille les poires par la fenêtre, les deux merles, toujours les mêmes, dans le « jardin de derrière », et la table de pierre où l'on déjeune sous le tilleul...

Il y a, au fond du verger, un ruisseau d'eau vive et des anguilles dans les fossés. Il y a deux, trois petits ponts, un bois en miniature où je voulais te construire une cabane en rondins pour jouer au trappeur.

Il devait y avoir une ferme à ta mesure, un mouton, une chèvre, un poney, que sais-je ? Tout cela presque aussi bien astiqué qu'à Trianon ou que dans la comtesse de Ségur.

... Une lingerie avec une jeune fille blonde cousant pour toi toute la journée et...

Tout existait, à quelques détails près, et même une cabane, à un kilomètre de chez nous, au bord de la falaise de l'Atlantique, une cabane à laquelle il ne manque plus que le toit.

Pendant un an, bébé inconscient, tu as vécu dans ce cadre et tu ne marchais pas encore que tu te saisissais des brins d'herbe pour les donner aux poules.

Chaque jour, pendant que ta nourrice te promenait dans le jardin, on t'asseyait sur le gazon, à l'abri de la serre, et je te cueillais une fleur que tu effeuillais gravement avec des gestes d'une délicatesse étonnante.

Une autre maison t'attendait, t'attend encore dans une des plus belles îles de la Méditerranée, une plage de sable fin où l'on voit à dix mètres de profondeur à travers l'eau limpide, des bateaux que nous aurions sans doute repeints de couleurs vives. Cette île s'appelle Porquerolles. Elle est en zone libre, comme on dit, car la France est en ce moment coupée en deux, et nous n'avons pas le droit de nous y rendre.

Quant à notre maison de Nieul, celle que nous aménagions en « maison où nous aurions voulu passer notre enfance », elle est toujours là, telle que je te l'ai décrite, à cinquante kilomètres de nous. Du moins je le pense, car des soldats allemands l'habitent et nous n'avons pas le droit d'en pousser la porte.

Lors, tu es ici, sur un quai assez pareil à ceux de notre enfance, dans une maison comme celles que ta mère et moi détestions et que nous nous sommes ingéniés à fuir.

Les gens qui l'ont bâtie, ceux qui l'ont habitée avant nous, n'ont jamais pensé à vivre pour eux, à vivre parce que la vie est bonne, l'âme quiète dans un décor harmonieux, en compagnie d'êtres qu'on aime.

S'ils ont voulu un seuil de quatre marches, ce n'est pas parce que le sol est humide mais parce que cela fait riche. Toutes les portes sont trop grandes pour les pièces car les grandes portes font riche aussi, et il y a un salon, un salon inhabitable, parce qu'il faut un salon, un boudoir, parce que c'est le degré au-dessus dans la hiérarchie sociale, des meubles rustiques, fabriqués dans des ateliers de grande ville parce que la mode était, voilà quelques années, aux meubles rustiques. Il y a aussi le chauffage central et de fausses cheminées dans lesquelles, malgré les chenets à tête de cuivre, on ne peut pas faire de feu. Les cadres sont en faux bois sculpté et les moulures en fausse pierre. Le linoléum imite le parquet et les lampes électriques imitent les bougies.

Chez nous, dans notre enfance, c'était plus pauvre, presque aussi laid – un peu moins, justement parce que plus pauvre. Mais cela appartenait au même monde, à celui des petites gens – il y a des tas de degrés dans la hiérarchie des petites gens – au monde, dis-je, des petites gens qu'on a dressés à se nourrir, âme et corps, de faux-semblants.

N'est-ce pas extraordinaire, dis-moi, n'est-ce pas troublant qu'au moment précis où tu ouvres les yeux à la vie, des événements qui ne nous regardent pas nous ramènent, te ramènent dans les décors mêmes qu'ont aperçus en premier les yeux de ton père et de ta mère ?

Notre promenade de dimanche matin ? J'en ai fait de pareilles, chaque dimanche, les pieds encore butants, avec le grand Désiré, qui devait être tout aussi fier que moi de me hisser sur les banquettes du Café de la Renaissance.

Il est vrai que j'ignore quel jour aura lieu le grand miracle, quel jour, sans raison apparente, à un moment précis, les images cesseront de défiler devant tes yeux, de n'être qu'un présent fugace, inconsistant, à quelle minute, à quelle seconde un petit morceau de ce présent se fixera dans ta mémoire pour devenir éternel.

A quand, mon petit Marc, ton premier souvenir ? Était-ce hier ? Tout à l'heure, quand tu posais précieusement sur un « petit bâton » une mouche engourdie par l'hiver ? Demain ?

Mon premier souvenir, je le connais, je sais que j'avais ton âge, moins de deux ans. J'en ai eu récemment la preuve par la pierre gravée au bas d'une maison portant la date et le nom de l'architecte.

Les Simenon, Désiré, Henriette et moi, habitions rue Pasteur. La maison était neuve, les briques d'un beau rouge, les pierres de taille, autour des fenêtres, encore blanches. Nous occupions deux grandes pièces, bien éclairées, bien aérées, au second étage, et la cuisine où nous nous tenions était, selon le mot que j'ai toujours entendu, « sur le derrière ».

Tout le quartier était neuf. Aucune construction, entre l'église Saint-Nicolas et l'Hôpital de Bavière, âgée de plus de vingt ans.

Une place, au centre, la place du Congrès, vaste, plantée d'ormes. En étoile, des rues larges aux trottoirs spacieux, des rues si calmes que l'herbe poussait entre les pavés. Quant aux trottoirs, ils étaient si peu « la rue à tout le monde », ils étaient si bien le prolongement des maisons que chaque samedi les ménagères les frottaient à la brosse en chiendent.

Remarque que si nous habitions le quartier, nous n'en faisions pas tout à fait partie, pas encore, et tu vas comprendre pourquoi. Rue Léopold, on nous louait un appartement anonyme, un espace que le commerce laissait libre entre des murs, parce que rien ne doit se perdre. Nous n'appartenions pas à un tout et je me demande, si nous y étions restés, avec qui j'aurais pu jouer.

Rue Pasteur, nous étions « en quartier », ce qui signifie, à Liège, que nous habitions à l'étage.

Eh bien ! c'était encore un hasard. La plupart des maisons de la rue, des rues environnantes, avaient été construites par leur propriétaire, à leur mesure, pour eux, pour y vivre et y mourir.

Presque toutes n'avaient qu'un étage. Certaines comportaient un balcon. Les plus riches enfin, comme celle du juge de paix, avaient une loggia vitrée, luxe suprême, où les dames de la bourgeoisie peuvent passer l'après-midi à coudre ou à broder sans rien perdre de ce qui se passe dehors.

58

Quelques-uns, pourtant, avaient ajouté un étage, et, comme ils ne savaient qu'en faire… C'est ainsi que mes parents avaient pu louer ces deux pièces au second, rue Pasteur. Je ne sais pas si tu comprends la nuance. A première vue, cela n'a l'air de rien. Cela suffit cependant à changer toute l'atmosphère d'une enfance.

J'étais assis par terre, entre les pieds d'une chaise renversée, une chaise épaisse en bois blanc, que ma mère frottait au sable, et il restait toujours un peu de sable sur le bois. Le plancher, lui aussi, était frotté au sable. Dès que je trouvais un clou, une épingle à cheveux, un bout d'allumette, je passais des heures à extraire, entre les interstices, le sable qui formait une sorte de mortier.

La fenêtre était large ouverte, le ciel bleu clair. Ma mère repassait. Le bruit du fer à repasser frappant le tissu, assourdi par le molleton, et l'odeur bien particulière de la toile mouillée au contact de la chaleur…

Un autre bruit, dans l'espace, un vacarme, celui-ci, mais auquel on était tellement habitué qu'on ne l'entendait plus : celui des marteaux frappant la tôle, dans l'atelier de chez Quintin, derrière chez nous.

A dix heures moins le quart, à trois heures moins le quart, une sorte d'explosion de sons suraigus, des vagues montant, s'atténuant, repartant de plus belle : les élèves de l'école des Frères, rue de la Loi, à cent mètres de chez nous, qu'on lâchait en récréation.

Ma chaise renversée ne représentait pas une chaise, bien entendu, mais une charrette à bras, plus exactement la charrette à bras du marchand de légumes qui passait chaque matin dans la rue, soufflait dans une petite trompette et annonçait en patois :

— *Crompires à cinq cens li kilog…*

59

Pommes de terre à vingt-cinq centimes le kilo…

Cela ne m'empêchait pas de jouer à un autre jeu, un jeu secret, dont je n'aurais parlé à quiconque pour tout l'or du monde. Je fixais le bleu lavande du ciel. Il fallait fixer d'une certaine manière. Je n'y arrivais pas toujours à la première fois. Enfin, quelque chose de mystérieux naissait au bas de l'écran que j'avais devant les yeux, quelque chose d'immatériel, une forme incolore et pourtant distincte, toujours allongée mais jamais la même, annelée comme un ver de terre. Elle montait. Elle zigzaguait. Parfois, rarement, elle s'arrêtait un instant puis sortait tout d'un coup du champ de mon regard. Longtemps, j'ai pensé que c'étaient des anges.

Il y avait aussi, émanant des tuiles rouges d'un toit, un frémissement, une buée, une vie indescriptible qui me plongeait dans l'extase et me faisait écarquiller les prunelles à tel point que, quand je regardais à nouveau dans la cuisine, je ne distinguais plus les objets.

Mais ce qu'il y avait surtout, et qui est à proprement parler mon premier souvenir – mon premier ami – c'était le maçon, celui que j'appelais fièrement mon camarade.

Juste derrière chez nous, en effet, on bâtissait une maison dans le dernier terrain vague du quartier. C'est la date de construction que je suis allé voir à mon dernier passage en Belgique : 1904-1905.

Ce qui se passait en bas, je l'ignore, car je n'avais pas le droit – et je n'aurais pas pu ! – de me pencher à la fenêtre. Des bruits de sable remué, de camions qui allaient et venaient, parfois le hennissement d'un cheval ou le heurt de ses sabots, des voix d'hommes.

L'extraordinaire, c'était de voir monter chaque jour les murs de briques roses et, avec le mur, de voir se rapprocher de moi, presque jusqu'à me toucher, le vieux maçon à cheveux blancs, au visage aussi rose que ses briques. Je revois le cordeau tendu, les paniers de briques qu'il hissait au moyen d'une corde, la truelle écrasant le mortier.

Soudain, d'en bas, on lui criait quelque chose. Alors il s'arrêtait ; d'un panier suspendu à la corde, il sortait des tartines enveloppées de toile cirée, un petit bidon d'émail bleu qui contenait du café, et, assis sur son mur, royalement, les jambes pendant au-dessus du vide, il mangeait sans se presser, en me regardant et en m'adressant des clins d'œil.

C'est ce que je pourrais appeler *l'époque de tante Françoise*. Car, pendant tout un temps, nous avons fréquenté une tante, *du côté de mon père*, comme on disait, puis soudain on ne la voyait plus et on passait tous les dimanches chez une autre tante, *du côté de ma mère*.

Ta mère et moi, nous avons fait de même, sans le vouloir, presque sans le savoir, pendant toute notre vie, avec les amis. Il en est qu'on a vus chaque jour, qu'on avait besoin de voir chaque jour à telle époque et dont on se rappelle à peine le nom.

Il y a eu la période tante Françoise, la période tante Marthe, la période tante Madeleine, la période tante Anna... Il y a eu des périodes sans tante du tout et des périodes...

Le dimanche, aussitôt après le déjeuner, mon père me descendait dans ses bras. On prenait ma voiture aussi rarement que possible. Elle était lourde. Le propriétaire, qui habitait le rez-de-chaussée, ne voulait pas la voir dans le corridor, et, à chacune de mes sorties, mon père et ma mère étaient obligés de la descendre du second et de la remonter ensuite. C'était le cauchemar de ma mère. Son cauchemar de cette époque, car, comme les tantes, les cauchemars ont changé suivant les périodes de vie.

Pour ma part, j'étais ravi de découvrir la ville du haut des épaules de mon père. Mon père était ravi aussi, très fier, en somme. Et ma mère, toute petite à nos côtés, trottinait à une cadence accélérée.

— Mets-le à terre, Désiré !

Je grognais, et le grand Désiré décidait :

— Dès que nous aurons passé le pont des Arches...

Là, ça recommençait !

— Si tu le gâtes déjà...

Pauvre mère ! C'est que, pendant les six jours de la semaine, alors qu'elle était seule avec moi, si je me faisais porter...

Mais allez dire ça au grand Désiré, qui n'a que le dimanche pour promener son fils dans les rues !

Nous atteignions l'église Saint-Denis, dans le centre de la ville. Derrière l'église, une petite place ancienne, délicieusement ombragée, avec une fontaine au bruit frais. C'est là que se tient chaque jour le marché aux fromages, et l'odeur persiste, se répand loin dans les rues voisines, s'affadit à mesure que la journée s'avance.

Ma tante Françoise, l'aînée des filles Simenon, a épousé le sacristain de Saint-Denis, Charles Lodemans, le frère de l'employé de chez Mayeur, celui qui sent si mauvais. Charles Lodemans, lui, ne sent pas mauvais. Il sent l'église. Il sent le couvent. Toute la maison sent... j'allais dire la bourgeoisie, la richesse, la vertu.

Ce n'est pas sa maison. Une lourde porte cochère, ornée d'énormes marteaux de cuivre qui doivent être astiqués tous les jours. La porte est en chêne verni, sans une tache, sans une éraflure, et la façade, pour être entretenue plus facilement, a été peinte à l'huile, en blanc crémeux qui s'harmonise avec l'odeur de fromage de la place.

Personne ne vient ouvrir la porte. On sonne et elle s'ouvre d'elle-même, elle s'entrouvre plutôt de quelques millimètres, et il faut la pousser ; elle est lourde ; on découvre un porche solennel aux murs de faux marbre, aux dalles grises et bleues, comme à l'église.

L'immeuble appartient au Conseil de fabrique. Toute la partie en façade est occupée par un avoué, le président de ce Conseil de fabrique.

Je ne l'ai jamais vu, je n'ai jamais vu sa femme, ses enfants s'il en a. Je n'ai jamais fait qu'apercevoir une domestique tout en noir, qui avait l'air d'une religieuse en civil.

Des deux côtés du porche, des perrons, des portes ornées de vitraux. Derrière ces portes… mystère ! Pas un bruit, pas un éclat de voix. Pas une odeur de cuisine.

Des gens vivent là, pourtant.

Une seconde porte sépare le porche de la cour, une longue cour de béguinage avec de tout petits pavés ronds. Une barrière peinte en vert délimite la partie de la cour réservée à M. l'avoué, qui n'y a jamais mis les pieds.

Alors, à droite et au fond, deux petites maisons blanches, coquettes, d'une propreté méticuleuse, celle du suisse de Saint-Denis, M. Ménard, un grand gaillard à fortes moustaches, et celle de mon oncle Lodemans, le sacristain.

Avant de traverser le porche, ma mère m'a recommandé :

— Chut ! ne fais pas de bruit…

Et, à mon père :

— Attention en refermant la porte…

Car une voix, une simple voix humaine, ici, devient un vacarme. Et, le lendemain, le sacristain reçoit de l'avoué des remontrances écrites.

Dans la cour, où je risquerais de m'ébrouer, on me répète :

— Chut...

Nulle part l'air n'est aussi limpide. On se croirait dans un univers de porcelaine.

Tantes et oncles Simenon, habitués au tumulte plébéien de la rue Puits-en-Sock, ne viennent jamais ici. Ma mère seule et mon père rendent encore visite à Françoise, qui, depuis son mariage, ne s'habille plus que de noir.

On s'embrasse. L'oncle Charles sent l'encrier et le fade. Il est blond clair, blond filasse, blond mouton plutôt, et il a une tête douce de mouton, des gestes lents, un débit plus lent encore quand il parle.

Dans sa cuisine, dans sa chambre, partout dans la maison on se croit à l'église. Et, sans cesse, il faut rappeler à l'ordre mon père, qui a une voix tonitruante.

— Attention, Désiré...

Les fenêtres ont des petits carreaux délicieux, mais on ne les voit pas car ils sont cachés par deux ou trois épaisseurs de rideaux.

Les Lodemans ont une fille, Loulou, une cousine née le jour où j'ai été conçu. Il n'y a que mon père qui ose sourire en effleurant ce sujet.

— Voyons, Désiré !...

Loulou est rieuse et pâle. Elle a les traits réguliers, les yeux bleus, la peau transparente ; pendant toute son enfance, c'est elle qui personnifiera la Vierge à la procession de Saint-Denis.

On irait bien s'asseoir dans la cour, au soleil, le dos au mur, mais...

— Vous serez sages, les enfants ? Vous ne ferez pas de bruit ?…

On s'installe. Mon père renverse sa chaise en arrière, à cause de ses longues jambes. On voit devant soi les fenêtres de M. l'avoué, encore plus aveuglées de rideaux que celles de ma tante.

Mes parents ont apporté une tarte. On la mange avant les vêpres et le salut. Mon oncle part le premier. M. Ménard le suit en grand uniforme et il doit retirer son bicorne pour franchir la petite porte de son béguinage.

Il paraît qu'il lui arrive de boire. C'est un drame dont on ne parle qu'à mi-voix, toutes portes closes. Son fils Alexandre, qui a cinq ans, a rencontré l'autre jour M. l'avoué et lui a fait un pied de nez. On ne sait pas encore quelles suites…

Nous allons au salut. En sortant de l'église, on retrouve l'odeur sourde du fromage et le chant de la fontaine.

— Mais si, restez avec nous !

— On va te déranger, Françoise…

Ma mère a la peur maladive de déranger les gens. Jamais elle n'ose s'asseoir sur une chaise entière.

— Je t'assure, Henriette…

— Alors, allons acheter de la charcuterie chez Tonglet…

C'est à deux pas, au coin d'une ruelle par laquelle les honnêtes gens évitent de passer. Dans dix ans, dans vingt ans, où qu'elle habite, ma mère affirmera encore que seule la charcuterie de chez Tonglet est bonne, surtout le foie piqué (piqué de lardons).

— Un dixième de foie piqué.

On a emporté un plat en faïence. Dans une autre boutique, tout près de là, on achète pour cinquante centimes de pommes frites, que l'on recouvre d'une serviette. C'est chaud dans la main. Chaud et gras. On marche vite dans le jour qui s'achève et bleuit la rue.

— Chut !… Attention…

Le porche, le fameux porche à franchir sur la pointe des pieds et que l'on souille de l'odeur des frites.

Ma tante a mis la table, préparé le café. Le dîner fini, mon oncle montre des photographies, car il est photographe à ses heures. Dimanche prochain, s'il fait beau, il nous photographiera.

Neuf heures.

— Mon Dieu, Françoise, déjà si tard !

Et, tout engourdi de sommeil, tout chaud, on me hisse sur les épaules de mon père.

On se promet, avec des mines complices :

— A dimanche !…

— Venez tôt…

— J'apporterai un gâteau de chez Bonmersonne !

— Attention… Chut…

Le porche…

— Voyons, Désiré…

Car mon père a tiré trop brusquement la porte.

Je me balance là-haut, les yeux mi-clos, avec des sursauts au passage d'un tram illuminé. Ma mère trotte derrière nous. Elle n'a jamais pu marcher à hauteur de mon père. Mon père n'a jamais pu régler son pas sur le sien.

D'autres familles, tout le long des trottoirs, s'en reviennent de la sorte.

— Tu as la clé ?

— Oui… Ne fais pas de bruit… Je crois que les propriétaires sont couchés…

Naturellement, au beau milieu de l'escalier, à quelques pas de la porte derrière laquelle les propriétaires dorment, je me mets à pleurer.

— Georges… Chut… Mon Dieu ! Désiré !…

Enfin on est chez nous et ma mère, à tâtons, cherche des allumettes sur la cheminée de granit noir, retire le globe dépoli de la lampe.

Mon père, lui, enlève son veston, signifiant qu'il est chez lui. Mais il faut malgré tout marcher avec précaution, car les propriétaires dorment juste en dessous.

5

Château de Terre-Neuve,
Fontenay-le-Comte, le 21 avril 1941.

Le matin, avant de quitter la rue Pasteur, Désiré, en bras de chemise, descend les cendres et les poubelles, remonte deux ou trois brocs d'eau. Il fait ce qu'il peut, ce qu'il doit, l'âme sereine. Il embrasse ma mère au front.

— Bonsoir, Henriette.

Bientôt, il ne dira plus Henriette, mais : « Bonsoir, mère. »

Car on m'apprend à dire mère et non maman, père et non papa, et, le soir, après m'avoir tracé une petite croix sur le front, comme l'ont fait avant lui tous les Simenon, il prononce simplement :

— Bonsoir, fils.

C'est à peine s'il me frôle la joue de ses moustaches acajou foncé, et pourtant jamais père n'a davantage aimé son fils que lui.

Sensible jusqu'à éclater en sanglots pour rien, Henriette lui reprochera souvent ce qu'elle appelle son manque de cœur.

— Tu ne m'as seulement jamais dit : « Ma chérie... »

Désiré en est incapable. Ces mots-là lui paraissent

admirables au théâtre ou dans les romans, mais cho-
quants dans la vie.

Comment Henriette ne voit-elle pas que ses beaux
yeux marron contiennent tant d'affection que toute autre
manifestation serait déplacée ?

— Jamais non plus tu ne m'as dit : « Je t'aime. »

— Mais je t'ai épousée !

Alors, pourquoi en parler ? Il l'a épousée, donc il
l'aime et l'aimera toute sa vie, doucement, quiètement,
profondément.

Le samedi soir, quand ma mère est enceinte de moi, il
n'hésite pas à mettre son tablier bleu et à s'agenouiller sur
le plancher pour le laver à la brosse et au sable.

Par contre, si elle n'est pas enceinte, si elle n'est pas
malade, il lance, en rentrant le soir :

— J'ai faim !

Il mange. Il est heureux. Il retire son veston. Pour ceux
qui travaillent hors de chez eux, c'est un geste rituel, le
signe qu'on est enfin chez soi, libre de rester en manches
de chemise.

Il s'installe dans le fauteuil d'osier qui craque. Il le fait
craquer davantage en le renversant en arrière, à cause
de ses longues jambes. Il allume sa pipe, déploie son
journal.

La lampe à pétrole est allumée et l'abat-jour laiteux se
dessine comme une grosse lune.

Je suis dans la chambre à côté, assoupi dans mon lit-
cage, et la porte reste entrouverte, j'entends crisser le
couteau sur les pommes de terre que ma mère épluche
pour la soupe du lendemain, le bruit des pommes de
terre qui tombent une à une dans le seau plein d'eau.

— N'oublie pas de me découper le feuilleton…

C'est la seule littérature à pénétrer dans la maison, des

69

feuilletons que l'on relie avec du gros fil et qui jaunissent vite, parfumant un tiroir de l'odeur fade du vieux papier.

Parfois un murmure, quelques phrases qui s'échangent toujours plus loin, puis je m'endors, et pour moi c'est tout de suite une nouvelle journée qui commence.

Est-ce parce qu'elle est la dernière d'une famille de treize enfants, née par raccroc, sans avoir été désirée, alors que ses sœurs sont de grandes jeunes filles, que les aînées sont mariées et ont elles-mêmes des enfants, qu'Henriette est si sensible, si perméable au chagrin et au malheur ?

Pour Désiré, la vie est une ligne bien droite. A peine, en quittant la rue Puits-en-Sock, a-t-il fait un bref crochet pour franchir le pont des Arches, et le voilà déjà revenu Outremeuse. Certes, il a étudié plus que les siens. Mais il est resté l'un d'eux, le premier d'entre eux, simplement. Peu importe que son frère Lucien soit menuisier, qu'Arthur soit casquettier, que Céline ait épousé un ajusteur.

Henriette, elle, en souffre, Henriette qui, dès l'âge de cinq ans, a connu la pauvreté, qui a vécu avec cinquante francs par mois en compagnie d'une maman qui mettait à chauffer des casseroles d'eau pour donner l'illusion d'un dîner plantureux ; Henriette qui, à seize ans, faisait croire qu'elle en avait dix-neuf et, relevant pour la première fois ses cheveux, s'est présentée à M. Bernheim et est devenue demoiselle de magasin à l'Innovation.

Elle souffre de tout : de rencontrer Lucien en blouse bleue, une scie sous le bras ; de voir un beau matin la femme de Lucien, Fernande[1], une femme qui sort des

1. Appelée ici et là Fernande par lapsus, il s'agit de Catherine, l'épouse de l'« oncle Lucien ».

« petites rues », installée sur le trottoir, en face de l'école des filles, devant une table couverte de bonbons et de chocolats.

Elle souffre de devoir, dix fois par jour, monter deux étages avec sur les bras un enfant qui devient lourd, de faire la lessive dans la cuisine, de sécher le linge au-dessus du poêle et de n'avoir pas d'évier pour verser les eaux sales.

Le soir de son mariage, Désiré lui a remis les cent cinquante francs du mois. Elle s'est ingéniée à préparer des petits plats.

Elle avait mis les cent cinquante francs dans la soupière, sur le buffet, car, chez les petites gens, la soupière sert souvent de coffre-fort. C'est naturel, car les soupières sont fragiles, surtout les anses et le petit bouchon en forme de gland qui surmonte le couvercle. Si l'on s'en servait pour la soupe, on casserait une soupière tous les mois.

En un mois, vois-tu, fiston... (Au fait, *fiston* est le mot le plus tendre que mon père ait jamais employé.)

Un mois... Figure-toi que ce mois-là, le premier de son mariage, alors qu'on était à peine le 20, ma mère, les yeux rouges, après avoir passé un après-midi atroce, a dû annoncer à Désiré qu'il ne restait rien des cent cinquante francs.

Elle ne l'a pas oublié. Jamais, depuis, pareille catastrophe ne lui est arrivée, elle a commencé à compter jour par jour les sous un à un, les sous et les centimes, car, à cette époque, un centime avait encore de la valeur.

Que d'autres complications pour une jeune maman de vingt ans qui habite un second étage rue Pasteur ! Je suis dans mon bain. On me donne tous les matins un bain au sel marin pour me fortifier les muscles. C'est l'heure que va choisir le marchand de charbon ou le marchand de légumes pour faire entendre sa petite trompette.

On pourrait avoir du charbon dans la cave ? D'abord, il faudrait disposer d'une cave, et le propriétaire garde pour lui les deux caves de la maison. Ensuite, il faudrait acheter une charrette de charbon d'un coup, donc disposer d'une forte somme.

La bassine où je suis assis dans mon eau salée est par terre. Mais ne vais-je pas en profiter pour faire des bêtises ? Henriette descend en courant. Des voisines attendent leur tour, leur seau à la main. Et Henriette, angoissée, regarde sans cesse en l'air, comme si elle s'attendait à une catastrophe.

Il faut aller chez le boucher, au coin de la rue. Je suis lourd. Si je commence à marcher, je marche lentement, et si on me lâche un instant dans le magasin rempli de pratiques, ne vais-je pas en profiter pour saisir un couteau ?

Mon père sait-il tout cela ? Ne considère-t-il pas que c'est le lot des femmes, sa mère à lui n'a-t-elle pas élevé treize enfants sans servante ?

Quand il rentre, la table est mise, le dîner mijote, tout est propre à la maison et ma mère a mis un tablier bien net.

A telle heure exactement, il partira pour retrouver son bureau. Il n'y a pas trente-six chemins, trente-six univers.

Or, pour Henriette, en dehors de ces deux pièces de la rue Pasteur où nous vivons des heures ensemble, moi par terre, elle affairée, il y a autant de mondes différents que de quartiers dans la ville, que de familles dans la famille, que de frères et de sœurs du côté de mon père et de son côté, surtout de son côté.

Elle ne voit plus sa sœur Marthe, l'épouse du riche épicier Vermeiren, chez qui elle a été bonne d'enfants, car

Marthe lui en veut de son mariage avec un petit employé d'Outremeuse.

Chez Vermeiren, c'est le haut négoce, des camions, des chevaux, des magasiniers et de vastes entrepôts pleins de marchandises en caisses, en sacs, en vrac, en tonneaux.

Une autre sœur, Anna, l'aînée des filles Brull, habite le quartier Saint-Léonard, face au port plein de péniches, au canal qui conduit en Hollande. Le mari, le vieux Lunel, est vannier. Anna tient une boutique où l'on vend de tout aux mariniers. Il y a même une buvette sur un coin du comptoir. Les filles apprennent le piano. On fera du fils un médecin.

Albert, de Hasselt, est déjà un magnat dans son pays, un magnat du bois, des grains et des engrais, et il vient chaque lundi à la Bourse.

Où Henriette irait-elle ? D'autres frères, parmi les aînés, ont disparu, et il lui faut un effort pour se souvenir de leurs prénoms, de leur âge. On n'a même pas leur photographie.

Reste Félicie, qui n'a que dix ans de plus qu'Henriette. Elle a été demoiselle de magasin, elle aussi. Elle a épousé le patron du Café du Marché, qui lui défend de voir sa famille. Henriette se promène, me promène, pousse la voiture dans les rues, car le médecin a déclaré qu'il faut beaucoup d'air aux enfants.

Désiré, lui, n'est pas sensible à ces nuances.

Il dit : « Ta famille… Ma famille… »

Pour lui, d'un côté, il y a de vrais Liégeois, des citoyens d'Outremeuse, de la rue Puits-en-Sock, artisans ou employés, peu importe.

Peu importe aussi qu'une maison ait une loggia ou n'en ait pas, que les occupants en soient propriétaires ou locataires.

La seule distinction entre les hommes serait celle entre les patrons et les employés, entre M. Mayeur et lui.

Tout le reste est sans importance.

Du moment qu'on mange à sa faim, à heures fixes, puis que, en bras de chemise, on peut lire paisiblement le journal.

Ils s'aiment et ils sont heureux. Mais, si Désiré a conscience de son bonheur, qu'il savoure à petites bouffées comme les bouffées de sa pipe du soir, Henriette l'ignore et souffre par habitude de souffrir.

Aussi, peut-être, parce qu'un rien la blesse, un regard de la propriétaire quand, en passant dans l'escalier avec un seau d'eau, elle en renverse quelques gouttes, le haussement d'épaules du boucher si elle fait enlever quelques grammes à un beefsteak trop cher, la vulgarité de Fernande, qui l'interpelle à travers la rue, de derrière son étalage de bonbons en plein vent, le fait qu'Albert ne soit jamais venu la voir ou que sa belle-mère la regarde toujours comme une gamine incapable d'élever un enfant et de faire la cuisine à Désiré…

Elle souffre par habitude, par vocation. Elle a peur d'être en défaut. Elle souffre d'avance à l'idée que les petits pois pourraient être brûlés ou trop peu sucrés, de la poussière oubliée dans un coin. Elle souffre en me conduisant chez le pharmacien pour la pesée et se demande ce qu'elle dira à Désiré si d'aventure j'ai perdu quelques grammes ou si je n'en ai pas gagné.

Alors, elle me fait beau, et puisqu'on ne l'attend nulle part pendant que mon père est au bureau, elle franchit le pont des Arches et me conduit à l'Innovation.

Ici aussi, pourtant, elle a souffert. Physiquement d'abord, car elle n'était pas forte et, après quelques heures de « rayon », elle avait mal au dos. Il est vrai que maintenant encore, le soir, elle a mal au dos, de m'avoir porté, d'avoir fait la lessive ou d'avoir monté de l'eau et des seaux de charbon. C'est la maladie des femmes pauvres, des mamans pauvres.

Si les clientes comprenaient, ce ne serait pas trop grave. Mais Mme Mayeur, par exemple, qui passe ses après-midi au magasin et s'assied à tous les rayons, fait tout déballer, regarde à travers son face-à-main, critique, n'achète rien et appelle en fin de compte le chef de rayon pour se plaindre de la vendeuse...

Les aînées jalouses... Le petit jabot de dentelle qu'Henriette a risqué une fois sur sa robe noire et qui lui a valu de comparaître devant M. Bernheim.

— Mademoiselle, si vous n'étiez pas si jeune et si je ne croyais à de l'étourderie de votre part, je vous dirais que l'Innovation est une maison respectable et qu'il n'y a pas place chez nous pour des demoiselles qui s'habillent comme des... comme des...

Pauvre Henriette ! C'est sans doute à force de pleurer qu'elle a aujourd'hui les paupières fines et plissées comme des pelures d'oignon.

Elle vient à l'Innovation. Elle se promène. Elle sourit d'un sourire morose, distingué. Si elle a peur de beaucoup de choses, elle a par-dessus tout peur d'être vulgaire.

Ne pourrait-on pas penser qu'ayant eu la chance de trouver un mari, elle vient narguer ses anciennes compagnes ?

Même si elle exultait, elle croirait devoir afficher cette nostalgie, cette tristesse.

— Vous voyez ! C'est moi ! Mais la vie d'une femme mariée n'est pas si gaie que vous le croyez ! Je viens vous voir parce que je vous aime bien, parce que cela me rappelle le bon temps...

L'inspecteur en redingote, lui, ne pourrait-il se dire que, parce qu'elle a été de la maison, elle s'arroge le droit de s'y promener tout à son aise ? Et ne prétendra-t-on pas qu'elle fait perdre leur temps à ses amies ?

Henriette achète. Elle achète ostensiblement. A voix haute, elle ne parle que de la bobine de fil à machine ou du madapolam. Puis, furtivement, tout bas, quand personne ne la regarde, elle bavarde, demande des nouvelles de l'une, de l'autre, en lançant autour d'elle, dans les allées vides, des regards effrayés.

Valérie, Maria Debeurre, d'autres dont j'ai oublié le nom, guettent de même, en tous sens, avant de me soulever de terre pour me baiser les deux joues.

— Je te ferais bien une réduction... Si j'osais démarquer...

— Non, Valérie !... Je t'en supplie...

Ce serait le comble si on la prenait pour une voleuse !

— Je veux payer le prix comme tout le monde... Nous n'avons que le strict nécessaire, mais...

Le seul moyen d'irriter Désiré : lui parler de ce fameux *strict nécessaire* qui hante, qui obsède ma mère.

— Écoute, Désiré, maintenant que Georges est élevé, qu'il a deux ans, si je prenais un petit commerce...

Elle a ça dans le sang. Tout le monde, dans sa famille, ou presque, est commerçant. A part l'oncle Léopold, qui a mal tourné, tous sont prospères.

Vendre ! Une boutique propre et nette, avec une jolie sonnette à la porte. On l'entend de la cuisine, où l'on est occupé à son ménage. Merveilleuse musique ! On s'essuie les mains. On s'assure qu'on n'a pas une tache à son tablier. On relève son chignon d'un geste machinal et on sourit d'un sourire avenant.

— Bonjour, madame Plezer... Beau temps, n'est-ce pas ? Qu'est-ce que ce sera aujourd'hui ?

Des rayons de marbre, des fromages, des petits pois en boîte, n'importe quoi qui se mange, parce que c'est gai, parce que c'est frais et que les gens ont toujours besoin de manger. Une balance en cuivre aux plateaux lumineux comme des miroirs.

— Tu comprends, Désiré, si j'avais un petit commerce...

— Nous ne ferions plus un repas sans être dérangés. A quoi bon, puisque nous ne manquons de rien ?

Mon père ne manque de rien. Henriette manque de tout. Voilà la différence.

Elle mangerait volontiers en travaillant, en marchant, elle se passerait de dîner pour entendre le déclic joyeux, triomphant d'un tiroir-caisse où les pièces s'entassent et où il y a un casier spécial pour les billets.

— Dans un an ou deux, j'aurai cent quatre-vingts francs par mois, M. Mayeur y a fait allusion la semaine dernière encore.

Il ne comprendra jamais qu'on sacrifie sa quiétude à l'argent. Il luttera jusqu'au bout, de toute son inertie souriante.

— Tu es bien né Simenon !

Et voilà que se dessinent dans le ménage, dans l'univers, le clan des Simenon et le clan des Brüll !

— Est-ce que tes frères et sœurs t'ont aidée quand tu es restée seule avec ta mère ?

— J'ai travaillé ! Et maintenant, s'il t'arrivait quelque chose, je resterais seule, sans ressources, avec l'enfant.

Désiré est-il donc féroce ? Est-ce un monstre d'égoïsme comme il va le faire croire, comme Henriette le lui reprochera souvent ?

Il répond, en se replongeant dans son journal, en homme qui ne veut plus discuter :

— Tu travaillerais.

J'ai deux ans. Il en a vingt-sept. Elle vingt-deux.

« Arriver quelque chose », dans le langage des petites gens, cela signifie mourir.

Ainsi donc il admet que, s'il mourait, sa femme serait obligée de retourner à l'Innovation, avec un enfant à la maison, de voir M. Bernheim, de lui dire... de le supplier...

Ma mère pleure. Mon père ne pleure pas.

— Tu n'aurais même pas l'idée, toi qui es dans les assurances, de prendre une assurance vie.

Combien de fois, dans ma jeunesse, ai-je entendu parler de ces assurances !

Or, Désiré ne répond pas !

Il ne répond pas, le pauvre homme, parce que, avant même ma naissance, il a voulu signer une police d'assurance vie. Il est allé un beau matin, quittant son cher bureau à une heure anormale, prendre la file dans la salle d'attente du médecin de la compagnie.

Le grand Désiré a mis à nu sa poitrine trop blanche et trop étroite. Il riait faux pendant que le docteur l'auscultait, et il avait un peu peur.

Pourtant, ils ont l'habitude, chez M. Mayeur, d'envoyer des clients à ce docteur Fischer qui est presque un ami.

— Alors, docteur ?

— Hum !... Eh bien !... Hum !... Écoutez, Simenon...

Tout cela, nous ne l'avons su que plus tard, vingt ans plus tard, quand Désiré est mort d'une crise d'angine de poitrine.

Ce soir-là, il est rentré à la maison de son grand pas élastique et a lancé dès la porte, comme d'habitude :

— J'ai faim !

On venait cependant de lui refuser l'assurance, avec des formes, certes, avec peut-être des claques cordiales sur ses omoplates saillantes.

— Ce n'est pas que ce soit grave… Le cœur un peu gros… On vit cent ans avec ça… Mais les règles de la compagnie… Vous savez mieux que moi, Simenon, comme ils sont prudents…

Comprends-tu maintenant, fiston ? Cela m'est arrivé à moi, ou presque, l'an dernier, quelques semaines avant d'écrire ces notes. C'est peut-être ce qui m'en a donné l'idée ?

Moi, je n'avais pas vingt-six, mais trente-huit ans. Je m'étais donné un coup dans les côtes et le mal persistait.

Je suis allé un matin – un matin comme tous les matins – chez le radiologue et j'ai mis, moi aussi, ma poitrine contre l'écran. On rit, on sourit jaune.

— Avant ce coup, vous n'avez jamais eu mal au côté gauche ?

— Jamais !

— Hum !… Vous avez beaucoup fumé, n'est-ce pas ? Beaucoup travaillé, beaucoup vécu, beaucoup mangé ?

La peau se couvre d'une transpiration froide.

— Mon Dieu, oui…

— Eh bien !…

Que veux-tu, fils, c'est son métier, au docteur, et l'homme bien portant est pour lui un animal qui vit dans des régions où il ne pénètre guère.

Celui-ci est malade lui-même et j'ai l'impression qu'il exerce sur moi une espèce de vengeance.

— Beaucoup de sport ?

— Beaucoup.

79

— Il ne faudra plus faire de sport ! Combien de pipes par jour ?

— Vingt… trente…

— Vous en fumerez une… Matin et après-midi, vous vous étendrez une heure ou deux dans la demi-obscurité et dans le silence après avoir bu une bouteille d'eau d'Évian… Ou plutôt non, prenez de l'eau de Contrexéville… Ou plutôt…

— Mais le travail ?

— Si c'est absolument nécessaire, un peu de travail, lentement, de temps en temps… Des promenades à petits pas… Manger très peu…

— Angine de poitrine ?

— Je ne dis pas ça… Un gros cœur, usé, fatigué… Sans précaution, vous en avez pour deux ans… Voici votre radiocardiogramme… C'est trois cents francs…

Il m'a remis un beau croquis de mon cœur au crayon rouge.

Je suis rentré chez nous. Je t'ai regardé et j'ai regardé ta mère. Tu avais un an et demi. Un an et demi et deux ans, cela fait trois ans et demi…

Tu comprends ?

Seulement, j'ai été moins héroïque que Désiré, qui s'est laissé adresser pendant vingt ans des reproches sur son égoïsme, à cause de cette fameuse assurance vie *qu'il se refusait* à prendre.

J'ai parlé à ta mère. J'ai vu d'autres médecins, de grands patrons, comme on dit. J'ai eu en main d'autres cardiogrammes et l'on m'a affirmé, on m'affirme encore que le radiologue de Fontenay a commis une grossière erreur.

Nous saurons un jour qui a raison. Toujours est-il que ce jour-là j'ai compris qu'on peut être un homme normal, entrer en souriant chez un médecin, lire pendant dix minutes de vieux magazines en attendant son tour et ressortir une heure plus tard en regardant la rue et le soleil avec des yeux froidement désespérés.

Ma mère, elle, ne pensait qu'à son petit commerce.

Mon père pensait que, dans quelques années…

Il a gardé jusqu'au bout sa sérénité souriante, jusqu'au bout il a aspiré la joie de vivre partout où elle se présentait, aussi naturellement que d'autres respirent.

C'est vers ce moment-là que l'oncle Guillaume m'a offert mes premières culottes, celles que je n'ai jamais portées et qu'on a rendues à l'Innovation bien que j'aie fait pipi dedans.

Tu n'as que deux ans et tu portes déjà des culottes depuis longtemps, car de nos jours on n'habille plus les petits garçons avec des robes.

Des mois ont passé depuis mes dernières notes. De Noël à Pâques. Maintenant, tu vas, tu viens, tu parles, tu montes à vélo, tu vis du matin au soir une vie d'une intensité presque effrayante.

Nous étions cet hiver enfermés dans la bourgeoise maison en forme de cage à hommes. Le hasard a tout transformé du jour au lendemain et pourtant c'est toujours la guerre.

Nous avons loué à Fontenay même, sur la colline qui domine la ville et de vastes étendues de prés verts, la moitié d'un château historique et tu as un parc à ta disposition, des poules, des oies, des pintades, un âne, une chèvre, des vaches, que sais-je encore ?

Une gouvernante distinguée te suit pas à pas, que tu as appelée Madame Nouvelle pour la distinguer de tes anciennes nounous. Le soleil t'entre par tous les pores et te brunit comme un abricot. Ton univers est vaste et harmonieux. Avant-hier, on t'a servi ton gâteau d'anniversaire planté de deux bougies allumées sur un plateau fleuri et, depuis, tu exiges des fleurs à chaque repas.

La Yougoslavie vient de succomber devant des armées puissantes ; la Grèce est à moitié envahie, des centaines d'avions bombardent Londres chaque nuit.

On ne sait pas si demain il subsistera quelque chose de ce qui était et, au moment de cette gestation douloureuse d'où sortira le monde où tu auras à vivre, je me raccroche à la chaîne fragile qui te relie à ceux dont tu es sorti, au monde de petites gens qui s'est agité à son tour – comme tu t'agiteras demain – en cherchant confusément une échappée, un but, une raison de vivre, une explication au bonheur ou au malheur, un espoir de mieux-être et de sérénité.

Il était une fois, à l'Innovation, une petite vendeuse anémique et sensible, aux cheveux ébouriffés ; il était une fois, chez M. Mayeur, un jeune homme d'un mètre quatre-vingt-cinq qu'on appelait le grand Désiré et qui avait une belle marche…

C'était à une époque où on avait peur de la guerre et où les gardes civiques tiraient sur les grévistes qui réclamaient le droit de se syndiquer.

Ta grand-mère comptait les centimes – dans son portemonnaie qu'elle égarait toujours et qu'elle cherchait avec tant d'angoisse – et elle se plaignait de n'avoir pour vivre que le strict nécessaire.

Nous étions, hier, dans une affreuse maison : nous sommes aujourd'hui dans un château.

T'es-tu seulement aperçu de la différence ?

Tu pousses ! Tu t'étales ! Tu vis !

Et c'est tout ce qui importe.

6

Guillaume descend du train à la gare des Guillemins, suit la file des voyageurs jusqu'au portillon de sortie, émerge sur la place ensoleillée, où il reste un instant immobile, satisfait, clignant des yeux.

Il est à peine neuf heures. Il a quitté Bruxelles de bon matin, alors que son magasin de cannes et parapluies n'était pas encore ouvert, et c'est pourquoi, en face de la gare, il entre chez un coiffeur, où on l'enveloppe jusqu'au cou dans un peignoir de toile immaculée tandis qu'il se sourit discrètement dans la glace.

Quand il sort du salon de coiffure, c'est vraiment pour lui que le soleil brille, pour souligner le beige tendre de son pardessus à la dernière mode, si court que cela s'appelle un « pet-en-l'air », pour mettre un reflet sur ses souliers vernis, longs et pointus, à tige de drap clair, pour arracher des feux au pommeau d'or de sa canne, à la grosse bague en or, à l'épingle de cravate sertie d'un rubis.

Guillaume sent la lavande. Un peu de poudre de riz traîne sur ses joues rasées de prés et, d'un index négligent, il feint de remonter les pointes de ses moustaches, que le cosmétique rend rigides comme des fers de lance.

83

Il a les mêmes yeux marron que son frère Désiré, avec la même petite flamme qui trahit une joie enfantine de vivre.

Il fait quelques pas ; les garçons passent au blanc d'Espagne les glaces des brasseries et des cafés. On lave partout. L'eau coule des éponges, des peaux de chamois, des brosses en chiendent, sur les seuils, sur les trottoirs, et il y a même, boulevard Piercot et boulevard d'Avroy, des valets de chambre en gilet rayé qui passent au jet les pierres de taille des façades jusqu'à hauteur du premier étage.

A neuf heures du matin, Liège est une ville qui se lave, et Guillaume, qui n'a pas sur lui un grain de poussière, aspire cette bonne odeur de propreté matinale.

Il pourrait passer par le bureau de Désiré, si proche de la gare, mais Désiré ne serait pas sensible à son éclat. Il pourrait aller voir sa sœur Françoise, dans la maison du Conseil de fabrique de Saint-Denis, mais l'odeur d'encens se marierait mal avec le parfum de lotion chère qui émane de lui.

Rue Puits-en-Sock, enfin, où il faudra bien qu'il passe embrasser sa mère, il risque des sarcasmes.

Les Simenon, hostiles à tout ce qui vit de l'autre côté des ponts, n'ont que mépris et qu'ironie pour ce qui vient de Bruxelles.

Or, Guillaume est devenu un pur produit de Bruxelles, de Bruxelles-Centre, de la rue Neuve, où il a son magasin à deux pas de la place de Brouckère.

Il prend le tram 4, peint en jaune et rouge, avec beaucoup plus de jaune éclatant que de rouge, le tram 4 qui flotte comme s'il voulait sans cesse sortir de ses rails, qui sonnaille d'un bout de la rue à l'autre et qui s'arrête soudain dans un vacarme de freins en laissant tomber un peu de sable.

Les hommes dignes de ce nom restent négligemment debout sur la plate-forme, et, dans les virages, on les voit tous lever un bras en même temps pour saisir les courroies de cuir qui se balancent au-dessus des têtes.

Partout, dans les quartiers commerçants et dans les rues paisibles, la ville continue sa toilette. Partout le soleil coupe les rues en deux, côté ombre et côté lumière, et partout une buée à peine distincte, un frémissement discret de l'air annoncent la chaleur de midi.

Ma mère n'est pas habillée. Le nettoyage de nos deux pièces, rue Pasteur, n'est pas terminé. Les matelas prennent l'air sur l'appui des fenêtres. De l'eau savonneuse traîne dans les seaux et voilà qu'on sonne deux fois, qu'Henriette se penche.

— Mon Dieu ! C'est Guillaume...

Et elle crie, le buste dehors :

— Je descends, Guillaume...

Elle jongle. Elle a dix mains. Elle fait disparaître Dieu sait où tout ce qui sent le désordre, rattrape son chignon, qu'elle pique d'une épingle, change de tablier, me change de place.

Elle est en bas. Elle sourit.

— Quelle bonne surprise... Ta femme n'est pas avec toi ?

Ici, Guillaume triomphe pleinement. Il est l'homme qui vient de la capitale, qui a un magasin rue Neuve, qui s'habille comme personne n'oserait s'habiller à Liège.

S'il a choisi Henriette pour sa première visite, c'est qu'il sait qu'elle apprécie, qu'aucun détail fastueux ne lui échappera.

— Assieds-toi, Guillaume... Ne fais pas attention au désordre... Tu permets un instant ?

Elle ouvre le buffet, elle escamote sous son tablier un

85

petit carafon de cristal, celui du service à liqueurs aux verres à bord doré.

Guillaume feint de n'avoir rien vu, de ne pas savoir ce qu'elle va faire.

— Je reviens tout de suite…

Elle court jusqu'à la place du Congrès. Chez l'épicier, il faut qu'elle explique.

— Donnez-moi pour vingt-cinq centimes d'amer… Le meilleur… C'est pour mon beau-frère qui arrive de Bruxelles…

Jamais il n'y a d'alcool, de vin, de liqueurs à la maison. A tout autre que Guillaume, on aurait offert une tasse de café et, l'après-midi, un morceau de tarte.

— Mettez-moi aussi un dixième de gâteaux secs…

Ici, du moins, Guillaume peut mesurer tout le chemin parcouru et jouir de sa magnificence.

— Dis donc, Henriette, tu me confies ton petit bon-homme pour une heure ?

Il est le riche homme, presque l'oncle d'Amérique qui atterrit chez d'humbles gens.

— Mon Dieu, Guillaume, je suis sûre que tu vas faire des folies…

— Mais oui ! Mais oui !

Il m'emmène par la main. Je porte encore des robes. Nous franchissons le pont des Arches, et tous ceux qui nous voient passer doivent se dire : « Voilà l'oncle de Bruxelles qui vient faire une surprise à son petit neveu d'Outremeuse. »

Nous entrons à l'Innovation et les demoiselles de magasin, à notre passage, doivent chuchoter : « Voilà le frère de Désiré, le beau-frère d'Henriette, qui vient acheter un cadeau pour son neveu. »

Au parfum du coiffeur s'est mêlée, dans les moustaches

cirées de Guillaume, l'odeur de l'apéritif qu'il vient de boire. Me voilà debout sur un comptoir de chêne clair. C'est le rayon jersey. On me déshabille, et toutes ces demoiselles savent fort bien que ma mère ne permettrait pas qu'on me mette nu dans un magasin.

Guillaume doit le sentir aussi. Mais il est de Bruxelles. Il n'est pas marié à l'église. Il peut se permettre de choquer. C'est même un plaisir délicat.

J'ai revêtu mes premières culottes. On me les laisse. Guillaume m'emmène et midi éclate sur la ville comme une fanfare.

Rue Pasteur, ma mère nous a guettés par la fenêtre. La porte s'ouvre au moment où nous l'atteignons.

— Mon Dieu, Guillaume !…

Elle sourit. Elle a envie de pleurer. Elle balbutie ;

— Est-ce qu'au moins tu as dit merci à ton oncle Guillaume ?

Lui s'en va comme un acteur qui a fini son numéro et qui se retire sous les bravos. Il a fait une bonne blague. Je suis sûr qu'il en a conscience, qu'il éprouve une satisfaction diabolique tandis qu'Henriette s'embrouille dans des kyrielles de mercis.

Quand nous sommes à nouveau dans la cuisine, elle pleure en me déshabillant. Elle pleure parce que ce machiavélique Guillaume, à qui elle n'a rien osé dire, m'a acheté un costume rouge et que je suis voué à la Vierge. Cela signifie que je n'ai le droit de porter, jusqu'à ma septième année, que du bleu et du blanc.

Toute l'Innovation m'a vu en rouge. La rue Léopold aussi ! J'ai traversé la ville vêtu du rouge le plus éclatant.

On me remet ma robe. J'ai fait pipi dans ma nouvelle culotte et ma mère la lave avec soin, la sèche au soleil, la repasse.

Est-ce que cela se voit ? Est-ce que cela ne se voit pas ?

Désiré est rentré.

— Ton frère Guillaume est venu. Il a emmené l'enfant à l'Innovation et lui a acheté un costume rouge.

— C'est bien lui !

— Je vais essayer de l'échanger… Malheureusement…

On examine la culotte.

— Mais non ! affirme Désiré. Je t'assure que cela ne se voit pas…

Les demoiselles de l'Innovation comprennent quand, à trois heures de l'après-midi, elles voient arriver ma mère avec un petit paquet.

— Ma pauvre Henriette…

Maria Debeurre parle bas, en épiant l'inspecteur qui passe et repasse.

— Je n'osais rien lui dire, tu comprends…

Henriette parle encore plus bas.

— Figure-toi, Maria, que le petit a… Mais je crois que cela ne se voit pas… Est-ce qu'on oserait quand même…

— Donne !

Maria Debeurre va demander à M. Bernheim la permission de faire un rendu. M. Bernheim ne regarde pas l'objet et accepte. Elles ont tremblé pour rien. De dix comptoirs, on a vécu le drame, on l'a souffert.

— Qu'est-ce que tu vas prendre à la place ?

On cherche. On hésite longtemps. Ce capital imprévu pose des questions troublantes. De la toile pour des tabliers ? Des draps de lit ?

Nous sommes revenus avec un petit paquet recouvert de papier glacé et craquant avec le mot *Innovation* en grosses lettres. Mais je ne sais pas ce qu'il y a dedans.

En tout cas, pas mon premier costume.

Si je raconte cette aventure-là, mon petit Marc, c'est qu'elle s'est répétée souvent par la suite et que j'en ai beaucoup souffert.

Il y a malheureusement les choses qu'il est convenable de faire et celles qu'il ne faut pas faire, parce que ce serait déchoir.

Pendant une demi-heure, par un épais matin de printemps, j'ai porté un beau costume en jersey rouge, mais on me l'a vite repris.

C'est arrivé ensuite avec le chocolat, et c'est une autre histoire presque aussi triste. C'est l'histoire de la vieille dame que je n'ai jamais vue mais que j'ai toujours imaginée, digne et noble, avec de beaux cheveux blancs et un doux sourire, dans un vaste hôtel particulier.

C'est en même temps l'histoire de l'héritage que je n'ai jamais reçu.

Tous les six mois, Désiré se rendait chez la vieille dame, qui habitait boulevard Piercot, le quartier le plus aristocratique de Liège, pour toucher le montant de l'assurance. On en parlait plusieurs jours à l'avance. Mon père s'habillait avec plus de soin. Ma mère disait :

— Je me demande si je ne dois pas être jalouse.

Il paraît que Désiré parlait de moi à la vieille dame et que celle-ci questionnait :

— Comment est-il ?... Combien de dents ?... Est-ce qu'il parle ?...

Et mon père revenait de chez elle plus guilleret, avec une pointe d'émotion, parce que, pendant quelques minutes, une dame très riche l'avait traité presque en égal.

Chaque fois, il rapportait un petit paquet blanc, un kilo de chocolat de chez Hosay, que la dame avait acheté la veille à mon intention.

Eh bien ! ce chocolat, je ne l'ai jamais mangé. Dieu sait si j'en avais envie, de celui-là et non d'un autre. Les tablettes étaient formées de tout petits cubes soudés les uns aux autres et, peut-être à cause de cela, me paraissaient devoir être meilleures.

Hélas ! C'était la seconde qualité de chez Hosay, la qualité qu'on appelait « chocolat des pensionnaires ».

Un drame, presque aussi angoissant pour ma mère que le complet de jersey rouge ! Elle a gardé un mois le premier paquet. Puis elle a remis avec soin la ficelle de couleur. Bravement, elle est allée chez Hosay.

— Pardon, monsieur...

Car ta grand-mère, mon petit Marc, demande toujours pardon aux gens à qui elle ne fait pourtant aucun mal. Sans doute l'habitude du malheur ?

— Figurez-vous qu'une personne nous a donné du chocolat...

Et elle explique, elle explique, les doigts tremblants, les pommettes rouges...

— Vous comprenez, monsieur, j'aimerais mieux payer le supplément et...

M. Hosay est un petit bonhomme carré, en tablier blanc, qui se fiche des histoires de ma mère et de ses angoisses et qui, comme si de rien n'était, se tourne vers une vendeuse :

— Changez le chocolat de Madame...

Tout simplement !

— Merci, monsieur... Voyez-vous, si...

L'impression qu'elle ne s'est pas assez expliquée, qu'on va peut-être supposer que... ou que... ou la regarder de travers alors que...

Pauvre maman ! Si fière et si humble ! Si bien dressée ! Si anxieuse de bien faire et de ne pas laisser croire...

Hélas ! Le chocolat de première qualité était présenté sous une forme banale, en barres allongées et pas en petits cubes. Et moi, c'est de petits cubes que j'avais faim.

Quinze ans durant, la vieille dame riche nous a donné tous les six mois le même paquet, les mêmes paquets plutôt, car elle a doublé son cadeau quand mon frère est né.

Quinze ans durant, ma mère est allée le lendemain chez Hosay échanger le chocolat des pensionnaires contre la première qualité.

— Quand je mourrai, monsieur Simenon, vous aurez une heureuse surprise.

Elle a dit ça. Mon père l'a répété à ma mère, qui me l'a répété.

— Elle s'est toujours intéressée à nous, à toi surtout. Il y a sûrement quelque chose dans son testament.

Elle est morte.

Mais il n'y avait rien pour nous dans le testament et il n'y a plus eu de chocolat.

Quant au cousin Loyens, qui doit, lui aussi, nous laisser quelque chose...

Tu seras peut-être étonné de trouver un long écart entre mes dernières notes et celles-ci. De Noël à Pâques exactement.

Tu viens, à l'instant, de venir me voir dans mon bureau et tout est changé autour de nous.

La guerre, elle, continue. Elle se déroule maintenant dans les Balkans. Deux ou trois pays, l'un après l'autre, ont été bousculés en l'espace de quelques semaines.

Nous n'habitons plus quai Victor-Hugo. Notre demeure actuelle ne ressemble en rien à ces maisons dont j'ai gardé un si mauvais souvenir.

Ta grand-mère dirait que tu vis à présent « comme un petit prince », et c'est presque vrai.

Château historique, dont les propriétaires nous louent la moitié. Parc immense dont tu es le minuscule souverain, de blanc vêtu, avec, toi aussi, tes premières culottes.

— Marc n'a pas fait *pissou* à *palon* !

Tu mens, car Marc fait toujours pissou dans son pantalon, surtout quand on vient de le lui mettre propre et bien repassé.

Marc ressemble aujourd'hui à ces enfants du boulevard Piercot que je regardais passer avec tant d'envie. Marc a une gouvernante qu'il appelle Madame Nouvelle, à cause des nourrices qui l'ont précédée. Marc, en s'éveillant le matin, déclare, sachant que ce n'est pas vrai :

— Elle est partie, Madame Nouvelle…

Car c'est à elle qu'incombe la tâche désagréable d'interrompre les jeux pour annoncer le bain ou le dodo.

La vie de Marc, du lever au coucher, n'est qu'une joie continuelle.

La chèvre dont j'ai tant rêvé est attachée dans le parc, au milieu d'une pelouse. L'âne se laisse caresser, les poules tirer la queue, et c'est Marc qui les houspille :

— Fais un œuf à Marc, *Tototte*…

Le pain, le lait, le beurre, les vêtements, tout est rationné.

Tu l'ignores. Tu vas tranquillement d'un plaisir à l'autre, d'un rayon de soleil à un autre rayon de soleil. Tu regardes tout. Tu comprends tout. Tu vis tout. Tu es terriblement gourmand de vie.

Ta grand-mère m'écrit que ses cheveux sont presque blancs. Elle a soixante-cinq ans. Elle ne vit plus que dans le souvenir des jours passés avec moi et mon frère quand nous avions ton âge et que nous nous traînions par terre.

« Que nous étions heureux ! » écrit-elle.

Dans notre logement de deux pièces, avec le souriant Désiré qui revenait à heures fixes, de son grand pas élastique, en chantonnant, et qui lançait, de la porte ouverte, comme nous l'avons fait après lui : « J'ai faim ! » Ou encore : « Est-ce qu'on mange ? »

Puis qui me faisait le tambour en me promenant sur ses épaules, ma tête touchant presque le plafond.

Désiré le garde civique qui était si content de vivre, si content de la petite place que le sort lui avait réservée et qui ne laissait pas se perdre une miette de joie.

Entre lui et toi, entre Henriette et toi, il y a tout un monde, l'oncle Guillaume, l'oncle Arthur, la tante Anna, la tante Marthe : il y a deux guerres, un moment de l'Histoire, un effort pathétique, une gestation douloureuse dont nous ne prévoyons pas le résultat mais que je voudrais que tu connaisses, plus tard, autrement que par les manuels.

Voilà pourquoi, fiston (c'est ainsi que Désiré m'appelait quand il était attendri), voilà pourquoi, dis-je, depuis décembre, je me suis imposé des tâches sans grand intérêt, dans le seul dessein d'être enfin libre, absolument libre, pour continuer ce cahier.

Tu as atteint, à ton tour, l'âge de tes premières culottes. Du moins les tiennes ne sont-elles pas rouges et n'as-tu pas eu la déception de te les voir retirer après une brève promenade au soleil.

L'oncle Charles, le bedeau de Saint-Denis, à la douce tête de mouton, n'a pas seulement la passion de la photographie. Il confectionne, avec de la ficelle, des filets à provisions, et chaque sœur ou belle-sœur en a un de sa main.

Où cet homme, qui n'a jamais quitté sa paroisse et qui n'a pas vu la mer, a-t-il appris cet art de marin ? Il faut, dans la cour de béguinage qu'il habite, des passions douces et silencieuses.

J'ai mon filet aussi, tout petit, bien entendu. Mon père est encore au lit, et ses moustaches émergent drôlement des draps, frémissant à chaque souffle.

C'est le printemps, c'est l'été, et nous partons, ma mère et moi, dès six heures et demie du matin, alors que la rue Pasteur et toutes les autres rues du quartier sont encore vides.

Entre le pont Neuf et le pont des Arches, il y a, frontière entre le faubourg et le centre de la ville, un large pont de bois qu'on appelle la Passerelle. C'est plus court, plus familier. La Passerelle est un peu la chose des habitants d'Outremeuse, le pont qu'on franchit sans chapeau, pour une course de quelques instants.

On monte quelques marches de pierre. Les planches du pont résonnent et tremblent sous les pas. De l'autre côté, on descend et, à sept heures du matin, cette descente est comme un atterrissage dans un monde nouveau.

Partout, aussi loin qu'on peut voir, c'est le marché qui s'étale, marché aux légumes à gauche, marché aux fruits à droite, des milliers de paniers d'osier qui dessinent de vraies rues, des impasses, des carrefours – des centaines de commères courtes sur jambes qui ont des poches pleines de monnaie dans leurs trois épaisseurs de jupons et qui raccrochent ou engueulent les pratiques.

Pour aller au marché, il ne faut pas mettre de chapeau, car alors on paie plus cher et, si on a le malheur de marchander, on se fait traiter de poseuse.

Ma mère se faufile et je me raccroche à sa jupe car, dans la cohue, on risque de se perdre.

Henriette ne vient pas ici parce que c'est le plus beau spectacle du monde dans la symphonie encore discrète, en bleu et en or, du petit matin. Elle ne renifle pas les odeurs de verdure humide ; elle est insensible à l'âcreté des choux et au relent terreux des pommes de terre qui occupent des quartiers entiers ; la Goffe même, c'est-à-dire le marché aux fruits, vraie débauche de parfums et de couleurs, fraises, cerises, prunes violettes et brugnons, tout cela se traduit pour elle en centimes, centimes de gagnés, centimes de perdus, piécettes de bronze ou de nickel qu'elle extrait une à une de son porte-monnaie tandis que la marchande lui bourre son filet et me donne un fruit à croquer.

Le long des quais, il y a encore de vieilles maisons aux hauts toits pointus, aux façades couvertes d'ardoises, aux fenêtres à petits carreaux verdâtres. Il y a des chevaux et des camions par centaines, et la plupart des chevaux, à cette heure-là (ils ont marché une bonne partie de la nuit), ont un sac d'avoine accroché à la tête.

Un monde venu d'ailleurs, de toutes les campagnes des environs. Un monde qui disparaîtra tout à l'heure, au coup de cloche, ne laissant derrière lui, sur les petits pavés des quais et des places, que quelques feuilles de choux et des fanes de carottes.

Toute ma vie, peut-être à cause de ces matins-là, j'ai gardé le goût des marchés, de cette vie intense qui précède la vie citadine, de cette fraîcheur, de cette pureté venues des campagnes au pas lent des chevaux, sous les bâches humides des carrioles et des tombereaux.

J'ai toujours envié aussi, dans le vacarme des auberges d'alentour, dans le va-et-vient sonore d'hommes et de femmes en sabots, l'appétit tranquille de ceux qui, dès deux heures du matin, ont quitté leur ferme endormie qu'animait parfois un meuglement sorti de l'étable.

Pauvre maman, qui aurait voulu mettre un chapeau et des gants, et qui disait avec un mépris presque craintif : « C'est une femme du marché ! »

Une femme mal embouchée, bien sûr, à la chair drue, au chignon mal noué, aux joues couperosées.

Fluette et digne, hantée par la perspective du mal au dos ou de la migraine, une Henriette effrayée de rentrer le porte-monnaie trop dégarni achetait quelques carottes par-ci, quelques poireaux par-là, des fruits au poids, des quantités minuscules dont il ne faudrait rien perdre, et autour de nous ces choses de la terre s'entassaient par monceaux ; et des charretiers taillaient avec leur couteau dans d'énormes pains de seigle qu'ils donnaient à leurs chevaux.

Je me laissais traîner quand nous passions devant une de ces auberges où l'on doit descendre un seuil et où, dans le clair-obscur percé d'un rayon de soleil, des gens, les coudes bien d'aplomb sur la table, la lèvre grasse et le parler sonore, mangeaient d'énormes plats d'œufs au lard et des tartes grandes et épaisses comme des roues de charrette.

J'en ai tellement rêvé – jusqu'à avoir goûté de ces œufs, de ce lard, de ces tartes à la bouche et jusqu'à en saliver – que mon premier roman, celui que j'ai écrit à l'âge de seize ans et qui n'a jamais paru, était l'histoire d'un grand garçon osseux, aux mâchoires affamées, débarquant soudain dans ce monde merveilleux du soleil, de la sueur, du mouvement et des odeurs de tout ce qui se mange.

Pour rien au monde, pauvre maman, tu n'aurais acheté un de ces quartiers de tarte baveuse.

— C'est pour les paysans !

Et, des années durant, j'en ai eu faim, j'en ai faim encore en évoquant ce souvenir et je retrouve l'odeur exacte de ce mélange de tarte, de lard et de café au lait servi dans des bols de fruste faïence.

Fière et digne, tu te faufilais dans ce monde enchanté en calculant sans cesse, un enfant avide accroché à tes jupes.

Pourquoi, longtemps, ne m'as-tu pas dit que nous avions de la famille dans cet univers du marché ? Pourquoi sommes-nous passés cent fois devant le plus beau des cafés sans y entrer ?

Ainsi n'ai-je connu mes tantes et mes oncles que les uns après les autres au hasard des brouilles et des raccommodements.

De grandes vitrines qui laissaient pénétrer tout le soleil du matin tandis qu'une buée montait de la surface lisse de la Meuse. Des glaces partout sur les murs. Des tables de marbre. Par terre, de la sciure formant de mystérieux demi-cercles. Un comptoir d'acajou qui me paraissait démesuré, avec deux ou trois pompes à bière au nickel astiqué.

Un jour, sans raison apparente, nous sommes entrés dans ce domaine merveilleux. Ou plutôt nous nous sommes d'abord arrêtés dehors, comme par hasard, et, avec l'air de te cacher, tu regardais timidement à travers les vitres.

Une jeune femme qui se tenait pensivement derrière le comptoir a fini par t'apercevoir. Elle a regardé autour d'elle, comme les demoiselles de l'Innovation guettent l'inspecteur. Elle s'est approchée de la porte.

— Entre vite, Henriette…

— Il est là ?

— Il est sorti.

Et, en s'embrassant, elles avaient envie de pleurer, reniflaient, se disaient d'une voix mouillée :

— Ma pauvre Henriette !

— Ma pauvre Félicie !

Pauvre Félicie, en effet, la plus infortunée, la plus jolie aussi, la plus émouvante de mes tantes, que je revois accoudée au comptoir de son café dans une pose pleine de nostalgie romantique.

C'est, par l'âge, la plus proche de ma mère. Elle n'a que quelques années de plus qu'elle et, alors que les aînées de la famille sont des femmes robustes aux traits assez durs, à la dignité tranquille, Félicie partage, avec ma mère, la nervosité, l'inquiétude, les tristesses d'une nombreuse famille.

On dirait que ces deux cadettes paient dans leur chair et dans leur esprit les péchés des autres.

Fines et jolies, les yeux lavés, trop clairs, elles n'ont de différent que les cheveux, blond de lin chez Henriette, brun soyeux chez Félicie.

Si elles sourient, leur sourire est morose.

Des petites filles qu'on aurait trop grondées, qui n'oseraient plus vivre comme tout le monde et qui semblent toujours voir, fût-ce dans un rayon de soleil, l'annonce d'un malheur.

Félicie a été demoiselle de magasin, elle aussi. Puis elle a épousé le patron de ce grand café, un homme dont j'ai toujours ignoré le nom et que je ne connais que par son surnom de Coucou. Il paraît qu'il adorait faire peur aux gens, qu'il se cachait dans le noir et criait soudain : « Coucou ! »

Et, chaque fois, la sensible Félicie tremblait de la tête aux pieds comme si elle avait été prise en faute.

On m'a menti toute mon enfance et on me ment encore aujourd'hui. Henriette et ses sœurs ne veulent pas croire que chaque famille a son cadavre dans l'armoire et elles cachent jalousement le leur par crainte d'être montrées du doigt.

On m'a affirmé et on me répète que, si mon grand-père Brüll s'est mis à boire, c'est de chagrin, à la suite de sa ruine.

Ce n'est pas vrai. S'il s'est ruiné, c'est parce qu'il buvait et parce qu'il avait avalisé des traites un soir qu'il était ivre.

Pourquoi craindre la vérité ? Et pourquoi, s'il n'avait été alcoolique depuis longtemps, trois de ses enfants au moins, dont deux femmes, auraient-ils été des ivrognes dès l'adolescence ?

Des ivrognes malheureux, des ivrognes qui se cachent, des ivrognes qui souffrent.

Tante Marthe, la femme de Vermeiren, entre furtivement, sous prétexte de faire pipi, dans des estaminets pour charretiers.

L'oncle Léopold, qui a étudié jusqu'à vingt ans, est peintre en bâtiment les jours où il est capable de se tenir sur une échelle.

Félicie, si fine, si jolie, si romantique derrière son comptoir, n'est pas toujours à jeun lorsque nous venons faire notre marché à sept heures du matin.

Ma mère le sait. Ma mère voudrait passer sans entrer dans le café, mais elle n'ose plus, maintenant que nous avons pris l'habitude de nous arrêter quelques instants.

Félicie, les jours où elle a bu, est encore plus attendrie, plus douloureuse, et ses lamentations en flamand s'accompagnent de larmes furtives.

— Ma pauvre Henriette…

Pauvres Brüll, pauvres nous ! Pauvres tous ! Pauvres humains incapables d'équilibre et de bonheur ! Elle plaint le monde entier ! Elle souffre pour le gamin dépenaillé qui passe et pour le cheval qu'un charretier, dont l'ivresse est moins tendre, accable de coups de fouet.

Elle veut bien faire. Elle veut donner. Elle voudrait faire des heureux.

— Entre vite ! Il est sorti !

Elle puise dans le tiroir-caisse et prend au hasard des billets de banque.

— Tiens !... Cache-les dans ton sac...

— Je t'assure, Félicie...

— Tu les mettras à la caisse d'épargne pour le petit...

Elle me verse de la grenadine ou du sirop de groseille dans un verre.

— Bois vite...

Car l'ombre de Coucou plane sur le café. Il n'est pas loin. Il s'occupe de ses affaires, quelque part sur le marché. Et, s'il rentrait soudain, ce serait une scène.

— Je ne veux plus voir ta famille de mendiants !

Ce n'est pas vrai ! Henriette ne veut rien recevoir. Elle souffre quand on lui fourre de l'argent dans la main et souffre même de me voir boire le sirop de grenadine.

Mais, en dehors de Valérie et de Maria Debeurre, Félicie est le seul être qu'elle comprenne et qui la comprenne.

— Ma pauvre Henriette...

Félicie n'aime pas Désiré.

— C'est bien un homme d'Outremeuse ! Un égoïste !

Cela lui fait mal de voir sa sœur avec un porte-monnaie si maigre et un lourd filet au bras.

— Attends. J'ai acheté quelque chose pour le petit...

Sa joie est de donner, sa manie d'acheter des tasses et des soucoupes en fine porcelaine à fleurs. Elle est obligée de cacher le paquet ficelé.

— Mets-le dans ton filet…

Et Henriette voudrait lui dire que c'est le dixième, le vingtième déjeuner qu'elle nous donne de la sorte et dont on n'a que faire, dont on n'ose pas se servir parce qu'ils sont trop fragiles !

Félicie l'a oublié. Peut-être est-ce une idée fixe ?

Félicie a déjà sa légende, qui se complétera plus tard. Des gens, malgré toutes les précautions, s'étant aperçus qu'elle buvait, on leur explique :

— Jeune fille, elle était anémique. Le médecin a ordonné de la bière forte, du stout, à base de sang de bœuf, pour la fortifier. Elle s'y est habituée et, depuis lors…

Mais Marthe était-elle anémique, elle aussi ? Et Léopold ? Or, voilà que le malheur a voulu qu'elle épouse le propriétaire d'un café et qu'elle vive au milieu des bouteilles et des verres, avec tous les alcools à portée de la main !

— Ma pauvre Henriette…

Pauvre, pauvre tante Félicie ! Certains matins, tu as les yeux presque hagards. D'autres matins, on ne te voit pas derrière le comptoir, en faisant le marché, et cela signifie que tu es incapable de te lever. On dit, dans la famille :

— Félicie a sa migraine…

Les sœurs, les frères ne viennent plus te voir. Il n'y a qu'Henriette et moi à pénétrer furtivement le matin dans le grand café si net et si confortable.

Puis soudain, un après-midi d'automne, alors que, rue Pasteur, Henriette vient d'allumer la lampe à l'abat-jour blafard, on sonne deux fois, on chuchote en bas, ma mère remonte en reniflant et m'entraîne à travers les rues encombrées où les rares vitrines éclairées dessinent des rectangles jaunes ou orangés.

Les volets du café sont fermés. Nous entrons par une petite porte que je ne connais pas, et, cette fois, des tantes, des oncles, certains que je n'ai jamais vus, sont là, dans l'escalier, sur les paliers, dans des pièces où tremblote la lumière du bec papillon.

On s'embrasse, on chuchote et on pleure. On m'oublie et je suis perdu, tout petit, dans ce monde de cauchemar où je ne sais pas ce qui se passe.

On attend quelque chose, en tout cas.

— Tu vas la voir ?

— Le docteur dit qu'il vaut mieux pas.

— Pauvre Félicie !...

Un bruit de roues dans la rue. Un cheval, un fiacre qui s'arrête et, par la porte qu'on entrouvre sans qu'on ait sonné, j'aperçois la houppelande d'un cocher, les lanternes pâles d'une voiture, la croupe mouillée d'un cheval.

— Un instant...

Un homme se détache d'un groupe. C'est le docteur, accompagné de deux solides gaillards. Ils montent l'escalier dans un silence impressionnant. Tout le monde est dans la pénombre, changé en statue, quand, dans une des chambres, des cris de bête éclatent, un vacarme, des meubles renversés, des coups, la rumeur d'une bagarre.

La bagarre se rapproche, envahit l'escalier et on se colle contre les murs, on s'abrite dans l'encadrement des portes tandis que les deux infirmiers emportent un corps qui se débat, une forme blanche qui hurle.

Félicie, à trente ans, est devenue folle. C'est elle qu'on emmène, et tous les Brüll sont là à se chercher à tâtons dans une maison inconnue.

On m'a oublié quelque part dans un corridor jaunâtre et soudain, tout près de moi, éclate un bruit que je n'oublierai pas. Un homme que je n'ai jamais vu s'est frappé la tête contre le mur, l'a enfouie dans ses mains et c'est un sanglot qui a jailli brusquement d'une énorme poitrine.

Je ne vois que le dos secoué à un rythme puissant. Il ne se retourne pas, ne regarde pas l'étrange cortège qui passe et disparaît dans le noir mouillé du fiacre.

Personne n'a parlé à Coucou le réprouvé. Les Brüll, frères et sœurs, se retirent sans un mot, sans un regard. On me retrouve et on espère que je n'ai pas compris.

On l'a laissé seul dans la maison vide. Nous formons, sur les trottoirs, dans la rue déserte où il pleut toujours, de petits groupes qui s'embrassent en reniflant avant de se quitter.

Félicie est morte trois jours plus tard, d'une crise de delirium tremens, à l'asile d'aliénés où on l'a conduite.

Vermeiren, mandaté par la famille, dont il est le personnage le plus important, est allé de tout son poids, de toute son autorité, réclamer une enquête aux magistrats.

Le jour même des obsèques, qui ont été précédées d'une autopsie, on a arrêté Coucou, et, cette fois, la maison du quai est entièrement vide.

Coucou est à la prison Saint-Léonard.

On a relevé de nombreuses traces de coups sur le corps de Félicie. On prétend aussi que Coucou avait des mœurs spéciales qui ont aidé à détraquer ma pauvre tante.

Quand nous franchissons la Passerelle, ma mère et moi, sur les planches que la pluie rend gluantes et qui rendent un son mou sous les pas, je regarde de tous mes yeux le trou noir que fait, dans l'alignement des maisons du quai, le café aux volets baissés.

Je demande :

— Est-ce que mon oncle...

— D'abord, ce n'est pas ton oncle... Ce n'est plus ton oncle depuis que ta tante est morte...

Henriette ne peut s'empêcher d'ajouter :

— Il est en prison pour deux ans...

Je ne l'ai jamais revu. Je n'ai connu de lui qu'un dos, qu'un sanglot, un cri à vous faire mal aux entrailles, plus déchirant encore que les hurlements de Félicie à qui, là-haut, les infirmiers impassibles passaient la camisole de force.

Je crois, vois-tu, fiston, que, tout ça, ce n'était la faute à personne. Coucou était un homme du marché, qui vivait depuis toujours dans cette vie trop forte et qui mangeait six œufs à son petit déjeuner.

Une brute avec des appétits de brute et peut-être avec un ou deux vices par surcroît.

Quelle idée d'épouser une petite fille nerveuse et sensible comme l'avant-dernière des Brüll ! Quelle idée d'installer derrière le comptoir d'un café la fille d'un ivrogne !

Plus il la battait – et il croyait sans doute bien faire – et plus elle buvait.

Plus elle buvait et plus il la battait.

Il vivait du matin au soir, parmi ces êtres robustes, à entasser de l'argent.

Elle rêvait aux misères du monde et distribuait ses gains sans s'en souvenir ensuite !

Ils jouaient à cache-cache.

— Coucou !

Au lieu de se chercher, ils se fuyaient, et quand ils se rencontraient c'était un heurt brutal.

Félicie est morte.

Coucou est en prison.

Henriette m'entraîne plus vite, en dépit de mes petites jambes, jusqu'à ce que le café aux volets clos disparaisse de notre vue.

Dans peu de temps, je l'espère, mon petit Marc, tu verras ta grand-mère. Si tu lui parles de Félicie, ne lui dis pas qu'elle est morte folle. Ne lui dis pas non plus qu'elle buvait.

— Félicie ? Jamais !...

Car Henriette a fini par le croire, après me l'avoir fait croire, après l'avoir fait croire à mon frère et à tout le monde.

Il faut que la famille soit convenable, que tout soit convenable, que le monde ressemble à un livre d'images, et, si un jour tu es aussi curieux et aussi innocemment féroce que ton père l'a été, elle te dira en penchant un peu la tête à gauche, dans un geste familier à toutes les filles Brüll :

— Mon Dieu, Marc !...

Et elle sera profondément navrée.

7

Fontenay-le-Comte,
le 25 avril 1941.

Tu as deux ans depuis moins d'une semaine. Hier, je suis descendu avec toi en ville, où tu n'es pas allé depuis plus de deux mois à cause d'une épidémie de diphtérie.

Lorsque nous avons été en vue du quai où se trouve notre maison de l'automne dernier et de l'hiver, tu as dit le plus naturellement du monde :

— Marc va voir la mouette dans l'eau.

Or, c'est en décembre et au début de janvier qu'une mouette, chassée de la côte par les grands froids, s'était installée en face de nos fenêtres.

Cette image, que tu as gardée si précise pendant plus de trois mois, s'effacera-t-elle de ta mémoire ?

Avant-hier, tu m'as rejoint dans le potager alors que je semais des radis. Tu m'as observé un bon moment, puis tu as déclaré :

— Marc veut des petites graines.

Tu en as semé, toi aussi. Je t'ai dit, sans espoir que tu comprennes déjà le mystère de la germination :

— Ce sont des graines de radis. Dans quelques jours, il y aura des radis.

— Des radis pour Marc !

Ce matin, je n'y pensais plus. Tu m'as encore rejoint dans le jardin, où, au lieu de t'inquiéter du labeur que je faisais, tu t'es précipité à l'endroit que nous avions ensemencé. Tu t'es accroupi. Tu as examiné minutieusement la terre et tu as paru désappointé.

Ton front s'est plissé. Tu es parti comme une flèche, comme chaque fois qu'une idée nouvelle jaillit dans ta petite cervelle. La gouvernante te suivait, intriguée. Tu es entré dans la remise aux outils et tu t'es penché sur les arrosoirs.

— Qu'est-ce que tu cherches, Marc ?

— Les radis !

Car, le semis terminé, tu m'avais vu arroser la platebande. Puisqu'on t'avait promis la naissance de radis, puisque les radis n'étaient pas sur la terre, c'est donc qu'ils étaient dans les arrosoirs.

Voilà pourquoi je suis si heureux d'avoir pu quitter la maison du quai. Le matin, dès ton réveil, de ton lit, tu découvres un immense paysage vert, et ton premier mot est un hymne de joie :

— Il y a du soleil !

Tu ajoutes :

— Il ne pleut pas. Il ne pleut pas. Marc va aller promener.

Tu le chantes. Tu chantes volontiers les phrases en les répétant à l'infini, sur des tons différents, comme je l'ai vu faire à ces autres enfants que sont les nègres de l'Afrique équatoriale.

Dès lors, tout ce que tu verras dans la journée sera beau et simple, les pelouses du parc dans lesquelles tu cueilles gravement des pâquerettes et des boutons-d'or, la chèvre, à laquelle tu dis le plus naturellement du monde :

— Bonjour, chèvre.

Les poussins, les canetons à qui tu portes à manger, le coq que tu appelles Tintin et dont tu ne crains pas les coups de bec.

Tu tressailles au vrombissement lointain d'un avion, au grondement d'une auto, à la pétarade d'une moto dans la vallée. Tu cours comme un poussin t'abriter dans les jupes de Madame Nouvelle ou de ta mère. Quand l'air a repris sa tranquillité, tu murmures :

— Elle est partie, l'auto.

Mais tu n'as pas peur de l'âne, ni de la jument, ni des vaches, ni des gros bœufs que tu vas contempler lorsqu'ils sont attelés à la charrue.

L'autre jour, deux garçonnets de quatre ou cinq ans les regardaient aussi. Tu t'es dirigé vers eux et tu leur as expliqué :

— Ce sont des bœufs.

Puis :

— C'est Pigeon-Voyageur…

Car les bœufs de labour – moi, je ne l'ai appris que récemment – ont toujours un nom composé. Ceux-ci s'appellent Pigeon-Voyageur et tu les suis volontiers en donnant de grands coups de baguette sur leurs flancs.

T'en souviendras-tu comme je me souviens de mes deux ans ? Je le souhaite. C'est dans cet espoir que nous nous ingénions à meubler ta mémoire d'images simples et belles, à imprégner ta jeune chair de sensations qu'on n'oublie pas parce que, quoi qu'il t'arrive ensuite dans la vie, ce sera un trésor que nul n'aura le pouvoir de te prendre.

Pour moi, les souvenirs de mes deux ans, c'est d'abord l'intimité du matin dans les deux chambres où ma mère faisait le ménage, une fine poussière, des milliards de molécules vivantes, en effervescence dans un rayon de soleil, une tache de soleil, vivante aussi, comme une bête sans chair, se gonflant, s'amincissant, mourant pour renaître bientôt dans un coin du plafond ou sur une fleur de la tapisserie.

Des rues, toujours des rues. Les grandes personnes se rendent-elles compte que les rues sont formées de deux parties distinctes qui luttent entre elles toute la journée, des parties différentes comme des mondes, comme des continents, le trottoir qui est au soleil et le trottoir dans l'ombre.

Chaque après-midi, maintenant, nous allons, ma mère et moi, à l'Exposition, car une exposition universelle vient d'ouvrir ses portes à Liège et s'étale des deux côtés de la Meuse, dans le quartier de la Boverie.

On a construit un pont neuf et rutilant d'or.

C'est loin de chez nous, une demi-heure de marche au moins pour mes petites jambes. Un tram jaune et rouge y conduit. Mais c'est trop cher : le parcours coûte dix centimes.

Tout coûte cher, vois-tu, et il n'y a que Désiré à ne pas s'en apercevoir, à ne pas en souffrir.

Henriette s'est fait un réticule, sorte de sac en drap noir avec fermoir en faux argent pour y mettre mon goûter. Elle a son abonnement, une carte barrée d'un large trait rouge en diagonale, avec son portrait sur fond moiré. Comme dans la vie, son sourire est distingué et morose, un sourire qui proclame : « Vous voyez, je souris ! Je souris parce que je suis bien élevée et parce qu'il faut sourire sur une photographie ! Mais si vous saviez... »

Henriette attend un second enfant ; je n'en sais encore rien.

Ce qui me passionne, c'est avant tout le *water-chute*

installé près du nouveau pont doré et que les barques descendent au milieu d'éclaboussements magnifiques.

Je ne me souviens pas de tout, mais j'ai encore certaines odeurs dans les narines, entre autres celle du chocolat qu'on fabrique dans un stand et dont un nègre, habillé comme dans les *Mille et Une Nuits*, distribue de tout petits morceaux aux passants.

Hélas ! on me fait jeter le chocolat que le nègre me met dans la main.

— C'est sale ! déclare ma mère.

Des milliers de gens piétinent les allées, et l'air ensoleillé a un goût à la fois fade et piquant de poussière.

Plus loin, on torréfie du café. Plus loin encore, un cuisinier en toque blanche, à l'accent parisien, fabrique et vend des oublies.

J'en connais l'odeur aussi, une odeur vanillée ; pas le goût.

— C'est sale !

Et je ne m'assoirai jamais sous les vélums rayés de rouge et de jaune des terrasses pour manger ces grosses gaufres de Bruxelles dont on remplit les trous de crème Chantilly.

Est-ce sale aussi ? Je crois que c'est surtout cher. Nous, lorsque nous nous asseyons, ce n'est même pas sur une de ces chaises de jardin peintes en jaune, parce qu'une vieille femme qui a une poche de tissu sur le ventre vient aussitôt vous réclamer un sou. Nous nous asseyons sur un banc, quand il y en a un de libre.

Nous regardons. Nous n'achetons rien. Nous n'entrons que dans les stands gratuits. Lorsque j'ai le malheur de murmurer : « J'ai soif ! » ma mère répond :

— Tu boiras tout à l'heure à la maison.

Pourtant, il existe de pimpants kiosques, qu'on appelle

des aubettes, où sont rangées des bouteilles multicolores de soda à la grenadine, à la fraise, à la groseille.

Un soda coûte dix centimes !

Seuls les prospectus ne coûtent rien et, chaque jour, je reviens les bras chargés. Entre autres, un bel album, en papier de soie satiné, illustré avec un luxe qui me bouleverse. Toutes les sortes d'allumettes, avec leurs boîtes bariolées, y sont reproduites, des vertes à tête jaune, des rouges, des bleues, des allumettes-bougies, des tisons, que sais-je encore ?

Mais il faut piétiner longtemps dans la poussière chaude avant d'en recevoir un. Sans doute Liège compte-t-il beaucoup de petites gens comme nous qui ne peuvent s'offrir que les plaisirs gratuits ?

Le pain du réticule, à quatre heures, est sec, le beurre est entré dans la pâte. Encore un goût que je n'oublierai jamais. Dans la bouteille, le cacao a tiédi, et ma mère, bien élevée, cherche longtemps une corbeille de fer pour y jeter les papiers sales.

Elle ne mange pas, non pas parce qu'elle n'a pas faim, mais parce qu'il n'est pas convenable de manger en public.

Henriette a mal au dos, surtout les jours où je me fais porter, et sa peur perpétuelle, c'est de me perdre dans la cohue. Il paraît que chaque jour on retrouve ainsi une dizaine d'enfants qu'il faut aller réclamer au secrétariat de l'Exposition. Quelle honte si pareille aventure lui arrivait ! Et que dirait Désiré d'une femme incapable de garder son garçon ?

A six heures, Désiré n'a que le pont à franchir pour nous rejoindre. Il n'a pas pris d'abonnement permanent et nous attend dehors, place de la Boverie, près des grilles aux pointes dorées.

Il me prend la main ou me porte. Les rues que le soir bleuit sont plus longues que pour venir ; on sent la sueur, la poussière et la fatigue ; il m'arrive de m'endormir sur les épaules de mon père, tandis que ma mère trotte à ses côtés.

Elle possédait une belle montre, une montre en or, constellée de poussière de brillants. Désiré la lui avait donnée en guise de bague de fiançailles, parce que c'est plus utile, et ma mère portait cette montre en sautoir comme c'était la mode à cette époque.

Un jour, à l'Exposition, sur le pont si brillant de dorures, justement comme nous regardions le *water-chute* où la foule des curieux était toujours dense, un petit pâtissier est passé en courant. Son panier a accroché la longue chaîne de la montre. Et celle-ci, la montre constellée de poussière de brillants, a décrit une trajectoire dans le soleil pour franchir le parapet et tomber dans la Meuse.

Mes parents ont payé cinquante francs un scaphandrier, qui ne l'a pas retrouvée.

Depuis, Henriette n'a jamais plus eu de montre. Elle a soixante ans aujourd'hui et elle regarde l'heure aux horloges électriques des carrefours. Souvent encore elle parle de la montre – la montre aux diamants – qu'un petit pâtissier...

Pauvre vieille maman !

Pauvre Henriette encore, ce soir-là ! Est-ce que sa frêle personne, animée de tant de bonne volonté, attire à elle toutes les malchances, ou bien transforme-t-elle, par un goût congénital de la souffrance, les moindres incidents en catastrophes ?

Nous approchons de la maison. Nous sommes déjà arrivés boulevard de la Constitution, et celui-ci, planté de marronniers sous lesquels l'ombre du soir est plus épaisse, est à peu près désert.

Crépuscule d'été qu'à Liège on appelle encore vesprée, la fatigue dans les jambes, la soif à la gorge et la faim dans la poitrine. Qui porte le petit paquet gras de charcuterie qui servira de souper ?

On marche plus vite, comme pris de vertige, à mesure que la maison est plus proche, et voilà que mon père s'arrête :

— N'est-ce pas ton frère ?

Au bord du trottoir, un ivrogne est arrêté et, tout en vacillant sur ses jambes écartées, pisse avec satisfaction face à la rue.

— Désiré !

Elle lui tire la manche, me désigne du regard. Il a compris et dit :

— Je suis bête ! Ce n'est pas Léopold, en effet !

Henriette qui voudrait tant avoir une famille comme celle des livres d'images !

Léopold nous a-t-il vus ? Nous a-t-il suivis ?

Il ne devait pas connaître notre adresse et pourtant, un matin, on sonne une fois, on entend une discussion dans le corridor, car, puisqu'on n'a sonné qu'une fois, la propriétaire est allée ouvrir – puis, dans l'escalier, des pas lourds et indécis.

— Mon Dieu ! Léopold...

C'est l'homme qui pissait en public, boulevard de la Constitution. Il est court sur jambes, trapu, moustachu, avec une barbe de plusieurs jours et un chapeau melon bosselé.

— C'est ton fils ?

Il s'assied près du poêle et Henriette est angoissée.

— Léopold...

Un homme de cinquante ans au regard lointain, qui parle d'une voix lente et pâteuse. Henriette lui sert un bol de café, et, en le buvant, il en renverse la moitié sur son veston sans s'en apercevoir. Elle renifle. Elle pleure. Elle ne sait plus que faire de moi.

— Mon Dieu, Léopold...

Il a compris qu'il gêne, qu'il est indésirable, et il repousse le bol au milieu de la table, se lève maladroitement. Henriette le suit dans l'escalier. Elle parle flamand, à cause de la propriétaire et aussi parce que avec ses frères et ses sœurs, c'est la langue qui lui vient naturellement aux lèvres.

— Écoute, Léopold, viens me voir quand tu voudras, mais pas dans cet état... Tu sais bien ce que je veux dire... Si Désiré avait été là...

Il y a dix ans, peut-être davantage, que Léopold n'a vu personne de la famille, dont il est l'aîné et dont Henriette est la plus jeune. On ne savait même pas s'il était à Liège ou ailleurs.

Or, voilà qu'il revient le lendemain. Il sonne deux fois comme Henriette le lui a recommandé. La propriétaire, qui reconnaît sa voix, entrouvre sa porte pour l'examiner.

Il est rasé, presque propre, et il a mis une cravate. Il est à jeun, un peu gêné.

— Je ne te dérange pas ?

Il s'assied près du poêle, à la même place que la veille, et ma mère lui offre encore du café.

— Tu ne veux pas une tartine ?

Plus de trente ans les séparent. Ils ne se connaissent pour ainsi dire pas et pourtant notre maison, notre cuisine, va devenir le havre où Léopold, le matin, quand mon père est au bureau, viendra souvent se reposer une heure.

Au lieu de dire : « Je ne te dérange pas ? » il demandera désormais : « Il n'y a personne ? »

Sans doute a-t-il conscience de sa déchéance, du tort qu'il pourrait faire à sa sœur ?

Ce n'est pas pour lui qu'il a honte, son regard le proclame. Les autres Brüll, filles comme garçons, n'ont pensé qu'à l'argent, et presque tous sont dans le commerce.

Léopold, lui, est lourd de secrets. Il est né le premier des Brüll, quand la famille vivait encore dans le Limbourg.

Un matin, il apporte à ma mère, sous un pan de son veston trop long, un petit tableau qu'il a peint à l'huile, de mémoire. La perspective, certes, n'est pas respectée, mais tous les détails de sa maison natale sont scrupuleusement rendus.

Pendant que ma mère met son déjeuner au feu, repasse du linge ou épluche des légumes, Léopold, devant sa tasse de café, ses courtes jambes allongées, raconte des histoires en flamand, l'histoire de la famille.

— Notre père, à cette époque-là, était dijkmaster[1]...

Et cela, vois-tu, mon petit Marc qui vis maintenant à la campagne, explique bien des choses. Mon grand-père, qui a mal fini, qui est mort d'avoir bu, était chef de digue.

Quand tu connaîtras la Hollande, les Pays-Bas, les polders, tu comprendras que c'est une sorte de noblesse et peut-être une des plus belles.

Je n'ai pas le petit tableau à l'huile de l'oncle Léopold et je ne sais pas si Henriette l'a conservé.

Une vaste maison au milieu d'un désert de verdure

---

1. Déformation par Simenon du néerlandais *dijkmeester*, « maître des digues ».

plate. De cette maison, de quelque côté que l'on aille, il faut marcher une heure dans les terres pour en trouver une autre.

Le canal, qui va de Maestricht à Herzogenrath, passe devant les fenêtres, plus haut que les terres, et les bateaux qu'on voit glisser, atteignant la cime des peupliers, semblent toujours prêts, surtout quand leurs voiles sont gonflées, à chavirer dans les prés.

Wateringen… irrigations… Tout le pays, aussi loin qu'on le connaisse, est en dessous du niveau de la mer. De l'eau, de la façon dont elle sera répartie, dont elle s'écoulera le long des étroits canaux, dont elle recouvrira la terre à la saison voulue, dépend la prospérité ou la ruine de tous, à des lieues et des lieues à la ronde.

Brüll l'aîné était ce grand chef des eaux, le responsable des richesses.

Et c'est là que Léopold est né avant que son père, saisi par le démon de l'aventure, vînt à Liège monter un commerce de bois et se ruiner loin de ses polders.

Ma mère, la petite dernière-née, questionne :

— Et Hubert ?…

Léopold lui parle de Hubert, des autres, les aînés, qu'Henriette n'a pas connus et qui, presque tous, ont été pris par le même démon.

Léopold n'est pas seulement l'aîné des Brüll. C'est le plus vieux des hommes. Il a tout connu, tout vécu, et il est revenu de toutes les idées que se font les gens, à tel point qu'il n'a plus honte de pisser dans la rue devant tout le monde.

C'était jadis un beau jeune homme et son père était encore riche. Il suivait les cours de l'Université, fréquentait la noblesse et chassait dans tous les châteaux de la région.

Or, Léopold, soudain, a eu envie d'être soldat. Ne l'étaient, à cette époque, que ceux qui avaient tiré un mauvais numéro, et Léopold, à vingt ans, en avait tiré un bon.

On avait le droit de se vendre, de remplacer un jeune homme pour qui le sort s'était montré moins favorable.

C'est ce qu'il a fait. Il a revêtu l'uniforme collant des lanciers. Il y avait encore des cantinières. Celle de son régiment, Eugénie, qui avait du sang espagnol dans les veines comme l'impératrice dont elle portait le nom, était une femme magnifique.

Léopold l'a épousée.

Comprends-tu ça, toi, fiston ? Un fils de famille, le fils d'un gros négociant en bois qui a racheté un château historique à Herstal – qui épouse la cantinière de son régiment ?

Du coup, Léopold a coupé les ponts avec le monde entier. On l'a vu garçon de café à Spa, où Eugénie faisait la saison comme cuisinière.

Ce n'était pas seulement le démon de l'amour qui le poussait. Soudain, il disparaissait pendant six mois, un an. Personne, pas même Eugénie, n'avait de ses nouvelles. Il allait à Londres ou à Paris et faisait, pour sa satisfaction personnelle, n'importe quel métier.

Eugénie se plaçait, tantôt dans une maison bourgeoise, tantôt dans un restaurant ou un hôtel, et, à son retour, il la cherchait, mettait au besoin une annonce dans les journaux pour la retrouver.

Elle ne lui adressait pas de reproches. Voilà pourquoi je ne suis pas loin de croire que c'est le plus grand amour qu'il m'ait été donné de rencontrer. Elle disait seulement, avec un accent qui n'appartenait qu'à elle, teinté d'accent espagnol et d'accent parisien :

— Léopold !

Pour vivre, c'est-à-dire pour gagner de quoi manger, de quoi boire, il faisait n'importe quoi, ce qui se présentait.

Les dernières années, il était surtout peintre en bâtiment, les jours où il avait envie de travailler et où il se tenait assez d'aplomb pour monter sur une échelle.

Il disparaissait encore de la circulation deux jours, trois jours, une semaine. Et Eugénie, sachant qu'il reviendrait, épinglait sur la porte de leur logement – une seule chambre – du quai de la Dérivation : *Je travaille au 17, boulevard d'Avroy. Frappe à la fenêtre de la cuisine-cave.*

Il y allait, épuisé par son absence comme les chiens après la période des chaleurs. Elle lui tendait par l'entrebâillement de la fenêtre un paquet de victuailles qu'il allait manger sur un banc.

Pendant des années, il est venu chez nous le matin, à sa guise, tantôt souvent, tantôt rarement, avec des mois d'éclipse complète. Mais toujours, il avait l'air de nous avoir quittés la veille.

Il s'asseyait à la même place, n'acceptait que du café – la tasse de café est, en Belgique, le symbole de l'hospitalité.

Pas à manger. Pas d'argent. Pourtant, souvent, il n'avait pas un sou en poche.

Il n'allait chez aucune de mes tantes, chez aucun de mes oncles. On aurait dit que, aîné de famille, il tenait à renouer les liens avec cette petite dernière d'Henriette qui ne savait rien de son père et de ses aïeux.

— Tu reviendras demain ?

Le dos lourd dans l'encadrement de la porte, il ne se donnait pas la peine de répondre. Le mot « demain », depuis longtemps, n'avait plus, pour lui, le même sens que pour les autres. Savait-il seulement où il irait en sortant de chez nous ?

Ma mère, par pudeur, ne parlait pas à Désiré des visites de Léopold. Certes, il savait que l'oncle venait à la maison. Mais c'était un sujet auquel il valait mieux ne pas toucher.

Mon père, par exemple, aurait-il cru qu'à part la première fois Léopold n'est jamais venu nous rendre visite qu'à jeun et rasé ?

Un jour, il est parti, comme d'habitude. Nous sommes restés des semaines sans nouvelles, ce qui n'avait rien d'extraordinaire.

A cette époque, Maria Debeurre, l'amie de ma mère à l'Innovation, était devenue Petite Sœur des Pauvres à l'Hôpital de Bavière.

Il lui était interdit de venir nous voir. Elle a envoyé un petit mot par lequel Henriette a appris que Léopold était depuis longtemps à l'hôpital, atteint d'un cancer à la langue, et qu'on allait l'opérer sans espoir pour la troisième fois.

Léopold est mort.

Personne, dans la famille, ne s'était jamais reconnu la moindre parenté avec Eugénie, qu'on ne saluait pas quand on la rencontrait dans la rue.

Des semaines encore ont passé. Une personne que nous ne connaissions pas a sonné chez nous.

— Madame Simenon... Il faudrait que vous veniez, à cause de votre belle-sœur...

Ce matin-là, on avait découvert, dans sa chambre, le corps d'Eugénie, d'Eugénie qui s'était laissée mourir sur son lit, sans prendre la moindre nourriture.

Henriette l'a ensevelie et je l'ai entendue dire à tante Anna :

— Elle ne pesait pas plus qu'un enfant de dix ans... Ce n'était qu'un pauvre squelette...

Eugénie la cantinière s'était laissée mourir par amour à soixante ans, quelques semaines après le départ définitif de Léopold qui était parti si souvent !

8

Fontenay-le-Comte,
dimanche, 27 avril 1941.

Après la période d'isolement presque complet, rue Léopold, la période oncle Charles, près du marché aux fromages, derrière l'église Saint-Denis, a duré environ deux ans.

L'Exposition universelle, ensuite, près d'un an.

Puis il m'est né un frère qu'on a appelé Christian, et, presque aussitôt après cette naissance, nous avons passé tous nos dimanches rue Puits-en-Sock où, d'habitude, Désiré allait seul voir sa mère chaque matin.

Pourquoi cette assiduité soudaine ? Et pourquoi toutes les périodes qui se sont succédé par la suite, la période tante Anna, la période oncle Jean, la période Sainte-Walburge, et encore le couvent des Ursulines où tante Madeleine est religieuse ?

Seule Valérie a été de toutes ces époques, et son couvert a été mis chaque vendredi soir à la maison. Encore cette amitié, née derrière le comptoir de l'Innovation, a-t-elle cessé soudain, alors qu'Henriette, déjà vieille, vivait seule dans sa maison enfin conquise, Désiré mort, ses deux fils loin de la Belgique.

Valérie, isolée à l'autre bout de la ville, une Valérie petite

121

et ratatinée, a pris l'habitude, le soir, de rater le tram et de ne pas rentrer chez elle. Comme elle est frileuse, elle a dormi avec Henriette.

Voilà ce qu'il ne fallait pas faire. Henriette est femme. Elle a eu un mari, deux enfants. Cette chair froide de vieille fille la dégoûte et, un beau jour qu'elle est exaspérée, elle le dit. Valérie s'en va pour toujours ou plutôt jusqu'au jour où Henriette, en larmes, suivra son enterrement.

La période rue Puits-en-Sock, c'est le triomphe des Simenon, le triomphe d'Outremeuse, de la paroisse de cette église Saint-Nicolas au pied de laquelle se serrent des maisons minuscules et branlantes formant un réseau de ruelles et d'impasses où l'étranger n'a que faire.

Après la naissance de mon frère, alors que j'avais trois ans et demi, nous avons passé tous les après-midi du dimanche dans la cour, derrière la chapellerie, ou dans la cuisine assombrie par la vitrauphanie.

Combien étions-nous ? Il faut que je compte.

Vieux Papa, aux grandes mains de gorille dans son fauteuil d'aveugle, Vieux Papa qui, dès que la porte s'ouvrait, reconnaissait celui qui entrait, à son pas, à sa façon de tourner la clinche.

Il paraît que sa cécité lui est venue d'un coup. Un matin, il a dit à sa fille, qui pénétrait dans sa chambre :

— Pourquoi n'allumez-vous pas la lampe ?

Le soleil était déjà haut dans le ciel et il n'y avait pas de volets à la fenêtre. Elle n'osait pas lui avouer la vérité. Il l'a devinée et a accepté tranquillement l'inévitable, sans un mot de regret.

C'est un dimanche que nous étions tous dans la maison

de la rue Puits-en-Sock, que, à l'âge de quatre-vingt-dix ans, on lui a arraché sa première dent.

Arthur s'en est chargé, Arthur le casquettier, le benjamin des Simenon, un gros garçon rose et joufflu aux yeux clairs, aux cheveux blonds et à la moustache frisée.

Arthur rit, chante et plaisante du matin au soir. Il est frais et joli comme ces amoureux qu'on voit sur les cartes postales tendre un bouquet de fleurs en posant l'autre main sur le cœur.

Sa femme, Juliette, est aussi rose, blonde et jolie, aussi naïvement carte postale et, dans le lot des petits-enfants Simenon qui emplissent la cour chaque dimanche, ils en apportent trois pour leur part.

Lucien, le menuisier, en a trois, lui aussi. Plus court, plus râblé, plus grave que ses frères, il est le type parfait de l'artisan probe et consciencieux tel qu'on le représente dans les pièces de terroir, celui qui, fort de sa valeur et de son honnêteté, dit fermement et sans haine ses vérités au patron.

Tante Françoise, que Charles ne peut pas accompagner à cause du salut et des vêpres, a deux enfants et en attend un troisième.

Et il y a encore Céline, la dernière des filles Simenon, qui vient d'épouser Robert Dortu, l'ajusteur, et qui aura trois enfants à son tour.

Tous les âges sont représentés autour de Vieux Papa et de Chrétien Simenon. L'une donne le sein et l'autre prépare un biberon ou une bouteille, de sorte qu'il règne toujours une odeur fade de pouponnière. On lave des langes qu'on met à sécher sur une corde au-dessus du poêle et on nettoie des derrières roses.

Il n'y a guère qu'Henriette à ne pas se sentir chez elle rue Puits-en-Sock.

— J'ai une dent qui me fait mal ! a dit Vieux Papa un dimanche, alors que, selon l'habitude, un ou deux de ses arrière-petits-enfants jouaient entre ses jambes.

Et Arthur, toujours blagueur, de lancer :

— Si vous voulez, je vais vous l'arracher !

— Oui, m'fi ! Allez chercher les tenailles…

Cela a commencé comme une farce. Arthur est allé chercher les tenailles. Le vieux a ouvert la bouche toute grande.

— Qu'est-ce que vous attendez, m'fi ?

On ne savait plus si on devait rire, et Arthur, impressionné quand même, a fini par arracher la dent malade.

Les boutiques de la rue Puits-en-Sock ne sont pas fermées, car, à cette époque-là, les magasins restaient ouverts le dimanche et les soirs de semaine. De temps en temps, le timbre du magasin résonne et Chrétien Simenon quitte un instant la famille.

On le voit, lent et grave, dans le magasin. Il essaie à quelqu'un une casquette ou un chapeau. Peu lui importe le goût du client. Est-il chapelier, oui ou non ? A-t-il mis des années à apprendre son métier ?

— Vous ne le trouvez pas un peu grand ?

— Non !

— Vous ne croyez pas que…

— C'est le chapeau qu'il vous faut.

Deux tablées, à quatre heures, dans la cuisine. Des tartes immenses. Du café au lait. Les enfants d'abord, qu'on envoie ensuite jouer dans la cour pendant que les grandes personnes goûtent à leur tour.

La cour sent toujours l'eau croupie, le quartier pauvre.

Les Simenon, tous les Simenon sont chez eux, dans leur quartier, dans leur maison, dans leur paroisse, et ils comprennent ce que les cloches de l'église disent d'heure en heure.

On ne joue à rien. On ne fait rien de précis. Y a-t-il seulement une conversation véritable ?

Les hommes ont retiré leur veston et, faute de fauteuils, renversent un peu leur chaise contre le mur. Les femmes s'occupent des enfants, parlent biberons, selles jaunes ou vertes et cuisine.

Les Krantz, à côté, qui n'ont pas de cour, rangent leurs chaises sur le trottoir en face de l'Hôpital des Poupées. Et les deux filles du vieux Krantz, avec leur grosse tête et leurs cheveux d'étoupe, ont l'air elles-mêmes de poupées aux yeux de porcelaine.

D'autres familles, dans la rue, dans le quartier, sont groupées de la sorte à l'abri de la tour de Saint-Nicolas qui semble veiller sur leur quiétude.

Presque tous sont nés dans la paroisse, y ont fait leur première communion, s'y sont mariés et y mourront.

Seule, chez les Simenon, cette petite Flamande d'Henriette, aux nerfs à fleur de peau, aux yeux inquiets, à la famille dispersée, ne se sent pas chez elle. Les autres, de leur côté, ne la considèrent jamais comme une des leurs.

Est-ce la gaieté vulgaire et bruyante d'Arthur qui la choque ? Les marques bleues sur les mains et le visage de Vieux Papa ? La froide autorité de la mère Simenon ?

Jadis, quand les enfants n'étaient pas mariés et qu'ils étaient treize à table, Chrétien Simenon, assis à un bout, avait toujours une baguette à portée de sa main.

Celui qui arrivait quelques instants en retard allait se coucher sans dîner. Celui qui parlait, celui qui jouait avec la nourriture recevait un coup de baguette sur les doigts, sans colère, sans paroles inutiles, tandis que la mère Simenon restait debout entre la table et le fourneau.

Pour eux tous, la vie est sans complication, sans mystère, et c'est un scandale quand Henriette, qui a mal au dos, mal dans le ventre, qui a eu des couches difficiles et qu'on devra peut-être opérer, éclate soudain en sanglots, pour rien de précis, parce qu'elle est d'une race tourmentée et que tout la blesse ou lui fait peur.

Alors, la mère Simenon regarde Désiré. Elle n'a rien besoin de lui dire. Elle le regarde. Il se lève, gêné, humilié.

— Viens, Henriette…

Il l'emmène faire un tour jusqu'au coin de la rue.

— Qu'est-ce que tu as encore ?

— Ne me questionne pas !

— On ne t'a rien fait, rien dit…

C'est vrai ! Et c'est justement le pire ! Mais comment Désiré, qui est un Simenon, pourrait-il comprendre ?

— Allons ! Essaie d'être gaie comme les autres…

Elle se mouche. Avant de rentrer, elle s'efforce de sourire en se regardant dans la glace de chez Loumeau, le confiseur.

Elle est menue, jeunette et faible. Tout le monde répète qu'elle n'a pas de santé.

Sa famille est dispersée, sans cohésion. C'est à peine si Désiré connaît de vue deux ou trois de ses frères et sœurs.

Pourtant, c'est elle qui gagnera la partie. Après la période Simenon, ce seront des périodes Brüll, rien que des périodes Brüll, et c'est le grand Désiré qui la suivra à Saint-Léonard, ou chez Vermeiren, ou à Sainte-Walburge, où il sera à son tour un étranger, à tel point qu'on ne se gênera pas pour parler flamand devant lui.

Une petite treizième. Un paquet de nerfs.

Or, quand la plupart des Simenon seront morts, c'est chez elle, à l'heure où elle est seule, que Chrétien Simenon, chef de la dynastie, viendra le matin s'asseoir au coin du feu, comme l'a fait Léopold, c'est à elle que, comme un enfant, il se plaindra et c'est elle qui lui donnera des douceurs en cachette.

Anna, à Saint-Léonard, est riche de deux maisons. Vermeiren, le mari de Marthe, est plus riche encore, c'est un des riches hommes de la ville.

Ils ont des enfants. Ils se sont assuré de l'affection pour leur vieillesse.

Cependant, tous viendront tour à tour chercher du réconfort dans la cuisine presque pauvre d'Henriette-qui-a-tant-pleuré.

Quatre murs peints à l'huile, un fourneau bien astiqué, une soupe qui mijote et un réveille-matin qui bat comme un cœur sur la cheminée ; une table de bois lavée au sable, un fauteuil d'osier et la vue d'une courette où sèche du linge, d'un mur blanchi à la chaux. Quelques papiers jaunis dans la soupière et deux chromos en guise de tableaux.

Henriette ne sait pas encore ce qu'elle cherche ; elle n'est bien nulle part et on l'étonnerait fort en lui disant que cette cuisine qu'elle aménagera patiemment, poussée par le sûr instinct des bêtes, sera comme le confessionnal de toute la famille où l'on viendra – chez la plus inquiète des femmes – chercher un peu de quiétude.

Il y a un jour, chaque année, où la vie des Simenon, rue Puits-en-Sock, atteint à la magnificence, et cela correspond avec la splendeur déjà chaude de juin et la floraison des roses.

Peut-être ailleurs la fête paroissiale est-elle aussi carillonnée et aussi fastueuse. Mais, ailleurs, la paroisse est-elle une famille aussi unie qu'à Saint-Nicolas ? Y a-t-il la même familiarité qu'entre les gens des petites rues et les commerçants de la rue Puits-en-Sock ?

Cela commence le samedi soir, par une sérénade. Tout le quartier, les rues, les trottoirs, les pierres des maisons sont si propres qu'on pourrait y manger, et les enfants sentent encore le bain qu'on leur a donné dans la bassine à lessive, le cosmétique qui fige leurs cheveux rebelles.

Quel petit garçon n'étrennera pas demain son nouveau costume marin ou son nouveau costume chasseur, son béret ou son chapeau de paille, ses souliers qui craquent et ses gants de fil blanc ?

Les hommes ont préparé le « bouquet ». C'est une immense machine, une perche de plusieurs mètres de haut, un mât plutôt, comme un mât de navire, avec des vergues. Tout cet appareil, qu'ils sont plusieurs à porter droit, est orné de milliers de fleurs en papier.

La musique marche devant, les enfants derrière, chacun balançant une lanterne vénitienne au bout d'un bâton.

Le cortège part de la maison du sacristain, à côté de l'église, et tout de suite il s'arrête devant le café qui fait l'angle de la rue Saint-Nicolas et de la rue Jean-d'Outre-meuse.

Dès lors, il s'arrêtera devant tous les cafés, devant tous les magasins, et partout il y aura la « goutte » à boire, de sorte que bientôt le cortège traînera avec lui un relent de plus en plus âcre de genièvre.

Dans le calme bleuté des rues, hommes et femmes préparent les reposoirs pour la procession du lendemain. Dans chaque maison, chaque fenêtre devient un autel, avec des bougeoirs de cuivre et des bouquets de roses et d'œillets.

Place Ernest-de-Bavière, où les autres dimanches les gardes civiques font l'exercice, l'artificier a rangé des centaines de pots de fer et, à la sortie de la grand-messe, le spectacle y sera prestigieux.

Tout le monde est-il prêt ? Tout est-il en place ?

Un homme accourt, qui fait signe à l'artificier. Les enfants sont écartés. Chez le charron du coin, une barre de fer rougie attend dans la forge.

Jamais le soleil n'a manqué à la fête. Le ciel est pur. C'est l'été.

Les pots de fer sont remplis de poudre noire qui déborde, et voilà l'artificier, traînant sa barre de fer rougi, qui s'élance de l'un à l'autre tandis que le quartier retentit du bruit de la canonnade.

Le vacarme est à son plein quand la procession sort de l'église et qu'au-devant d'elle, dans les rues, petites filles en robe brodée et empesée et petits garçons répandent pétales de rose et bouts de papier multicolores qu'on a mis des semaines à découper.

Il n'existe plus rien de ce qui était la veille. Le monde est transfiguré. La ville n'est plus une ville, les rues ne sont plus des rues et les tramways s'arrêtent respectueusement aux carrefours.

L'odeur de la procession la précède et la suit, subsistera jusqu'au soir et même jusqu'au lendemain, odeur de ces grosses roses rouges, de ce feuillage qu'on piétine, odeur d'encens surtout, en même temps que l'odeur des pâtisseries qu'on prépare dans toutes les maisons et que celle de la fête foraine qui éclatera tout à l'heure.

Un bruit aussi caractéristique que, par exemple, le bruit des vagues de la mer, une symphonie plutôt, le piétinement des milliers de gens qui suivent la procession et, à mesure qu'elle se déroule, les cantiques qui changent d'air et de registre ; les petites filles des écoles, ou de la Congrégation de la Vierge ; elles n'ont pas fini de défiler qu'on devine les bourdons des hommes en noir, ceux de Saint-Roch, qui n'ont d'yeux que pour leur livre de plain-chant ; la fanfare est au bout de la rue, elle tourne le coin ; déjà on devine la voix aigre des diacres et des sous-diacres, et cela annonce M. le doyen, roide dans ses vêtements d'or, qui, sous son dais porté par les notables, promène le saint sacrement.

De même qu'à la fête foraine, tout à l'heure, on entendra à la fois la musique de dix ou quinze manèges, les explosions du tir et les appels des marchands de « croustillons », de même cette procession de deux kilomètres, qui n'évite aucune ruelle, à tel point que souvent la queue rejoint la tête, est-elle un tout dont les morceaux, par instants, se superposent.

Les saints sont tous sortis, la Vierge Noire de Saint-Nicolas, saint Roch, saint Joseph, sur des pavois qui s'inclinent dangereusement ; des bannières les précèdent, des petits garçons, des petites filles, des hommes, des femmes, des vieillards, tous classés par confréries.

C'est une vague de sons, de couleurs, d'odeurs. Des bougies brûlent à toutes les fenêtres. Hommes et femmes s'agenouillent et se signent. Puis les ménagères courent chez elles, où le rôti risque de brûler.

Tout à l'heure, à deux heures exactement, les enfants et petits-enfants Simenon, dans leurs vêtements neufs, seront réunis dans la cour de la rue Puits-en-Sock.

Le quartier sent la fête, la tarte, les bonnes choses qu'on a mangées et qu'on mangera ; et la poussière remuée dans les rues par la procession donne à l'atmosphère, ce jour-là, un pétillement, une vie uniques.

Déjà les petits manèges tournent place de Bavière, place Delcour et près du pont de Longdoz.

Chrétien Simenon était, ce matin, des huit notables qui portaient le dais du saint sacrement. J'avais, moi, un petit panier très orné, suspendu à mon cou par un large ruban de satin bleu, et ma mère me tenait par la main tandis que je semais des pétales de rose devant la maison.

Tout le monde est beau. Les joues sont plus roses, les yeux plus brillants.

La tête tourne un peu de vivre tant de choses à la fois et, dans les voitures d'enfant, les bébés pleurent parce qu'on n'a pas le temps de s'occuper d'eux.

Car, maintenant, il va falloir tout faire. Nous sommes trente au moins, de tous les âges de la vie, dans la cour et dans la cuisine. Il y a tant de tartes qu'on se demande si on pourra les manger toutes. Et, chaque fois que l'on mange, il faut faire la vaisselle.

— Donne-moi un tablier... Je vais t'aider...

Les hommes fument des cigares et boivent des liqueurs.

On se partage les enfants. On hisse les plus grands sur les manèges. On leur achète des glaces et des jouets à deux sous, surtout des moulins en papier au bout de bâtonnets, ou des ballons de baudruche.

On a à peine fini de manger qu'il faut manger encore, et les groupes ne se retrouvent plus, les yeux deviennent presque hagards à force de fièvre.

— Où est Loulou ?

Loulou est ma cousine Lodemans qui a le même âge que moi, à neuf mois près.

— Je crois qu'elle est sortie avec Fernande...

Tout est à voir. Tout est en fête. De partout, on entend la musique des manèges et le bruit des tirs.

— Veux-tu que je fasse chauffer les biberons ?

Sans compter le souper qu'on prend dès six heures,

un jambon que ma grand-mère a cuit et qu'on mange avec de la mayonnaise et de la salade.

Les hommes, surtout, ne sont pas les mêmes que les autres jours, parce qu'ils ont fumé des cigares et bu des petits verres.

— Voyons, Arthur…

Ils vont se promener de leur côté. Quand ils reviennent, ils sont encore plus gais.

L'odeur de la fête s'affadit. La poussière domine de plus en plus. Le soleil a disparu et l'univers tourne lentement au violet, avec des perspectives d'une profondeur effrayante.

Les yeux picotent. Les corps sont lourds, surtout nos petits corps d'enfants, et pourtant c'est nous qui nous raccrochons à la féerie.

— Pas encore…

Est-ce Loulou ? Est-ce moi qui dors dans un coin ? Les bébés ont déjà quitté la terre. Les manèges se sont illuminés et quelque part on tire un feu d'artifice.

— Porte-le, Désiré… Moi, je pousserai la voiture…

On s'embrasse. Je suis comme ivre et j'oublie de frôler la joue rugueuse de Vieux Papa.

Nous quittons la rue Puits-en-Sock. Nous tournons le dos à la fête et aux lumières. Les rues deviennent larges et vides.

— Tu as la clé ?

— C'est toi qui l'as.

— Mais non ! Tu l'avais mise dans ton réticule…

Pour un peu, Henriette pleurerait une fois de plus, de lassitude et d'énervement, car elle a passé l'après-midi à laver la vaisselle. C'est elle qui l'a voulu, parce qu'elle n'est qu'une belle-fille. Elle souffre qu'on ne l'en ait pas empêchée. Comme si les Simenon avaient le temps de s'inquiéter de ces subtilités !

— Tu ne la trouves pas ?

— Je suis sûr qu'elle était dans ton réticule.

Les voix, dans le calme de la rue Pasteur, font un vacarme incongru. On me pose par terre.

— Cherche dans tes poches...

Par le trou de la serrure, on voit la tache jaunâtre que fait au fond du corridor la porte vitrée de la cuisine des propriétaires.

Ils sont là. Ils ne vont pas sur les chevaux de bois. Ils n'ont reçu personne. Ils ont dû manger leurs tartes en tête à tête comme de vieux égoïstes qu'ils sont.

Si on ne retrouve pas la clé, si on est obligés de sonner, ils nous recevront avec des mines pincées. Et ils diront que, quand on habite au second étage, on n'a pas le droit de perdre sa clé.

— La voilà !

— Je t'avais bien dit que tu l'avais mise dans ta poche...

Il n'y a pas de gaz dans la maison. Désiré frotte une allumette.

Trois marches. On monte la voiture de mon frère Christian. La face de la propriétaire se colle à la porte vitrée.

Et c'est le long transbordement. Mon frère et moi. La lampe à pétrole qu'on allume et dont on règle la mèche. La cuisine que la procession n'a pas atteinte et qui sent, en refroidi, le dîner de midi et le vide.

— Surveille un instant ton petit frère...

La voiture qu'on monte.

— Attention aux murs...

Car, si on éraflait le mur...

Ma mère retire les épingles de son chapeau, son chapeau, ses souliers qui lui font mal car elle a les pieds sensibles. Son corset lui fait mal aussi. Elle a mal partout. Elle est lasse.

Il lui faut préparer le dernier biberon de mon frère, me déshabiller, me mettre au lit, que sais-je encore, mille petits soins, remettre du pétrole dans la lampe, et elle a mal au dos, mal dans le ventre.

Désiré, cependant, déjà en manches de chemise, s'en va en sifflotant chercher les brocs d'eau pour le lendemain matin.

9

— Georges, si tu n'es pas gentil, on viendra me chercher pour me conduire à l'hôpital.

Tu ne peux pas t'imaginer, pauvre maman, combien ton petit chantage m'a valu de cauchemars, combien, le soir en m'endormant, j'ai dû lutter contre les images atroces qui m'assaillaient.

Surtout que, d'autres fois, tu disais :

— Si tu taquines encore ton petit frère, j'irai me faire opérer.

Tu avais beau prétendre que tu avais mal au dos, que c'était d'avoir soulevé une lessiveuse trop lourde, je savais que cela datait de la naissance de Christian, je t'avais entendue chuchoter qu'il était trop lourd et que tu en avais gardé une descente de matrice.

Un mot qui, à cause de cela, est resté pour moi un des plus laids du vocabulaire, avec un autre que tu employais à voix basse, quand tu croyais que je n'entendais pas, quand, par exemple, tu faisais une partie de lamentations avec Valérie ou avec Mme Armingault.

— Ce sont les organes, vois-tu… Le docteur Matray m'a mis un appareil, mais il faut que j'aille le faire nettoyer tous

135

les mois… Moi, j'aimerais mieux me laisser opérer, mais Désiré ne veut pas…

Et je voyais d'abord un fiacre dans la pluie, dans l'obscurité de la rue, avec deux lanternes jaunes et un cocher en houppelande, comme pour Félicie. Deux hommes t'emmèneraient et on me laisserait tout seul dans la maison avec mon petit frère, et tu ne reviendrais plus jamais.

Il faut se méfier de la puissance d'imagination des enfants. Je les voyais, les organes, des choses comme il en pend dans les boucheries, sortant d'un corps blême, ouvert du menton jusqu'aux jambes.

Je sais bien, pauvre maman, que tu étais blessée dans ta chair, que Christian, qui pesait près de neuf livres en naissant, était trop lourd pour toi. Je sais qu'il te fallait porter des seaux d'eau et de charbon et rester debout des après-midi entiers pour la lessive et le repassage.

Mais Valérie, qui est restée vierge toute sa vie et qui « n'avait pas d'organes », poussait les mêmes soupirs que toi. Vous n'étiez pas ensemble de cinq minutes que vous vous lamentiez sur tout et sur rien.

— Une si belle petite femme, Valérie ! Une femme à qui rien ne manquait ! Partir si jeune en laissant un petit garçon…

— Pauvre innocent !

— Figure-toi qu'on m'a dit que Mme Armingault, qui se plaint toujours de son estomac, pourrait bien avoir un cancer… Une personne si méritante…

Vous êtes comme ça quelques-unes à vous chercher à travers la vie et à vous rapprocher rien que pour gémir ensemble sur la misère du monde.

C'est Désiré qui, en rentrant, fronce les sourcils, car il flaire aussitôt l'odeur des larmes, qu'il a en horreur.

— Écoute, Valérie, je t'aime bien. Je suis content que tu viennes dîner avec nous tous les vendredis, mais, si je vous trouve encore à larmoyer, à parler de morts, de maladies et de misères…

Désiré, pourtant, est plus malade qu'elles toutes et il n'en a jamais parlé à personne. Il est en outre inspecteur du Bureau de bienfaisance. Une fois par mois, il va visiter les gens dans les rues les plus sordides, comme celle qu'on appelle la rue Roture, ou la Cage-aux-Lions, des rues qu'on peut à peine traverser tant l'odeur du ruisseau qui coule au beau milieu soulève le cœur, tant les relents exhalés par les trous noirs des portes et des fenêtres sont fétides.

Or, ils sont des milliers là-dedans, des femmes, des hommes, des enfants, des vieillards, tous mal portants, bossus, tordus, chancreux ou tuberculeux, qui couchent à même le sol à dix ou douze par chambre.

Eh bien ! de ceux-là, de celles-là, ma mère ne s'inquiète pas. Elle ne les connaît pas. Elle ne veut pas les voir. Elle m'entraîne plus vite quand nous sommes obligés de passer devant une de ces ruelles. Elle m'écarte d'une secousse quand un enfant en haillons risque de me frôler. Ce sont des gamins de la rue ; ce sont des sales femmes ; ce sont des voyous.

Parfois, dans les journaux, on parle de grèves, de meetings, de cortèges. Liège est le pays des mineurs et des métallurgistes. Le soir, on voit tout autour de la ville de hautes cheminées qui crachent du feu dans le ciel. Quand nous revenons d'une promenade à la campagne, nous entrevoyons, dans un monde fait de terrils, de rails, de ponts roulants, des hommes presque nus en lutte avec des fours ardents et avec du métal en fusion.

Ces hommes-là, on les rencontre le soir dans les rues, le visage et les mains noirs ; il n'y a que leurs yeux de blancs dans la figure, ce qui les rend effrayants.

Ma mère en a peur. Valérie aussi. Elles ne se demandent pas comment ils se laveront en rentrant dans leur logement trop petit. Ils travaillaient treize ou quinze heures par jour. Dès l'âge de douze ans, leurs enfants les accompagnent à la mine, et les vieilles, sur les terrils encore chauds, traînant un sac sur leur dos courbé, cherchent un à un les morceaux de charbon utilisables.

Ce monde-là est plus vaste, plus grouillant que le reste de la ville. Il s'étend jusqu'à Seraing, jusqu'à Flémalle en amont, à Herstal et Wandre en aval.

Dans tous ces quartiers, il y a des estaminets obscurs qui sentent le genièvre, et les femmes ne mettent jamais de chapeau, vont en savates, les épaules entourées d'un châle.

— Mon Dieu, Désiré ! Est-ce qu'ils vont vraiment déclarer la grève générale ?

C'est un cauchemar presque aussi lancinant que celui de la guerre, et il y a des années et des années qu'on en parle. On ne sait pas ce que c'est au juste. On n'a encore vu que quelques cortèges, des hommes en costume de travail défilant silencieusement dans les rues de la ville, le visage dur, l'œil fixe.

La grève générale, cela doit être plus terrible, une sorte de transvasement monstrueux, un débordement, une invasion, des dizaines de milliers d'êtres qu'on ne connaît pas, qu'on ne veut pas connaître, qui vivent dans la mine, devant les fours à cuivre ou à zinc et dont les enfants vont à l'école gratuite, tout ce monde mal lavé et mal élevé, qui jure et qui boit du genièvre, sortant soudain des zones sombres où on l'a parqué, la haine aux yeux et l'injure à la bouche.

Tout ceci, mon petit Marc, te paraîtra probablement incompréhensible et monstrueux.

Il ne faut pas en vouloir à ta grand-mère. Ce n'est pas sa faute. Elle pense comme on lui a appris à penser. Elle sent comme on lui a appris à sentir.

— N'est-ce pas une honte, dira-t-elle, que Désiré, instruit et travailleur comme il l'est, ne gagne que cent cinquante francs par mois ?

Cependant elle n'en veut pas à M. Mayeur, parce que M. Mayeur est un homme riche. Elle en veut plutôt à mon père, qui n'est pas capable de s'élever davantage dans l'échelle sociale.

— Qu'est-ce que tu veux, ma pauvre Valérie ? C'est un Simenon, c'est tout dire ! Si je ne m'en mêle pas, nous vivrons toute notre vie avec le strict nécessaire.

Or, les ouvriers, eux, ont plus que le strict nécessaire, et, la preuve, c'est qu'on les voit sortir des estaminets et que, le samedi soir, on rencontre des ivrognes sur les trottoirs. Même dans les petites rues honteuses que mon père visite pour le Bureau de bienfaisance, il existe des ivrognes, pis encore, des femmes qui boivent et qui, dépoitraillées, se crêpent le chignon sur le trottoir, au milieu d'une foule pouilleuse et amusée.

Est-ce qu'un ouvrier a besoin d'un logement de trente francs par mois dans une rue propre comme la rue Pasteur ? Pas un seul ouvrier, d'ailleurs, n'oserait venir habiter la rue Pasteur, où il y a deux maisons à loggia, celle des rentiers d'à côté, qui ont un si beau chien des Pyrénées, et celle du juge, sans compter un premier violon du Théâtre Royal. Lucien Simenon lui-même, qui n'est pas menuisier, mais ébéniste, et qui finira à son compte, n'oserait pas habiter rue Pasteur.

Les ouvriers gagnent cinq francs par jour, les bons tout

au moins, presque autant que mon père qui est comptable et qui a étudié jusqu'à dix-sept ans. Ils n'ont pas de frais. Ils habillent leurs enfants avec de vieux vêtements à eux dans lesquels on taille grossièrement. Les femmes accouchent pour rien à la maternité. Quand elles sont malades, elles vont à l'hôpital. Les gamins fréquentent l'école gratuite.

Henriette le dit justement :

— Tout passe à manger et à boire...

Ne le voit-elle pas chez le boucher, chez le charcutier, où elle surveille si anxieusement la balance ? Des femmes du peuple, en cheveux, à qui on donnerait un sou dans la rue, viennent acheter de gros biftecks sans seulement demander le prix !

— Tu verras, Valérie, qu'un jour ils feront la grève générale et qu'ils casseront tout en ville. Ce qui m'effraie le plus, c'est que Désiré soit garde civique.

Car, deux ou trois fois déjà, on a mobilisé la garde civique à l'occasion de grèves partielles ou de meetings. On a distribué des cartouches à blanc et des cartouches à balles. Une fois, place Saint-Lambert, on a fait les premières sommations, dans un silence de mort :

— Que les citoyens paisibles rentrent chez eux ! La garde va tirer...

Cette nuit-là, ma mère n'a pas dormi. Désiré est rentré au petit jour, son fusil à l'épaule, ses plumes de coq sur la tête.

— Alors, Désiré ?

Il souriait. Il était gai. Toujours la différence entre ceux qui vivent un drame et ceux qui l'imaginent.

— Figure-toi que ma section était rangée contre la devanture de chez Bellanger, à côté du Grand-Bazar. J'étais avec Émile Grisard et Leveux... Devant nous, il y avait des gendarmes à cheval, de sorte qu'on ne voyait rien de ce qui se passait place Saint-Lambert... On a passé la nuit à raconter des blagues... Leveux a été pris d'un petit besoin et, comme on ne pouvait pas bouger, il a uriné contre le volet de fer qui boucle la porte de la Bijouterie Bellanger... Nous y avons tous passé l'un après l'autre et c'est seulement à la fin qu'on s'est aperçus que le magasin est en contrebas... Ce matin, en arrivant, les vendeurs vont trouver une mare...

— On a fait les sommations ?

— C'était trop loin pour qu'on entende. Il y a eu un coup de feu du côté du Populaire ; les gendarmes ont chargé.

Désiré ne sait pas qu'il y a eu deux morts et quelques blessés. Il était trop loin et son petit groupe était occupé à raconter des blagues et à pisser sur le volet de la bijouterie.

Comprends-tu, maintenant, fiston ? Les ouvriers, pour Henriette aussi, c'est trop loin. On ne les connaît pas. Ils sont sales. Et, par-dessus tout, ils n'ont pas d'éducation.

Or, dans la vie, il n'y a que l'éducation qui compte. L'éducation et les sentiments.

Henriette n'a pas eu de chance. Des sentiments, elle en a trop. Elle en souffre. Et elle est tombée dans une famille qui n'a pas de sentiments.

Voilà pourquoi, malgré sa descente de matrice et ses organes, elle a engagé la lutte, sans rien dire, plus exactement avec des complicités mystérieuses, et cette lutte, qui va durer près de deux ans, elle la gagnera en dépit de la force d'inertie de Désiré et de son égoïsme.

Après le souper du vendredi, il va, lui, jouer au whist chez Velden et il la laisse seule avec Valérie comme s'il ne savait pas que Valérie est l'âme du complot.

Comment se refuserait-il cette distraction unique, ces deux heures pendant lesquelles, déjà le premier à son bureau, il s'élève encore d'un degré ?

Les Velden, qui habitent rue Jean-d'Outremeuse, sont des chaudronniers en cuivre, des patrons qui ont une dizaine d'ouvriers, des gens presque aussi riches que M. Mayeur.

Est-ce qu'on imagine M. Mayeur jouant aux cartes avec Désiré Simenon ?

Et il y a encore Émile Grisard, un tout petit homme poupin, qui n'en est pas moins architecte diplômé par le gouvernement.

Il y a enfin M. Reculé, chef de bureau au Nord-Belge, qui voyage gratuitement en seconde classe dans les trains.

Or, tous reconnaissent la supériorité de Désiré. Ils sont tellement incapables de s'en passer que, quand il est en retard, on vient sonner à notre porte.

Il est le boute-en-train, le meilleur joueur de whist aussi et celui qui compte les points. C'est à lui qu'on a confié la cagnotte. Les frères Velden offrent à chacun un petit verre, jamais deux, parce que ce serait de l'ivrognerie, et Désiré, en pleine euphorie, la moustache humide et les yeux pétillants, ne se doute pas de ce qui se trame dans sa maison.

Il a droit, chez M. Mayeur, à trois jours de congé par an. Chaque année, c'est la cagnotte qui les paie. Les Velden, Grisard, Reculé, mon père s'offrent un court voyage, tantôt à Ostende, tantôt à Paris, tantôt ailleurs.

Le dernier de ces voyages a été le voyage de Reims, le voyage catastrophique dont j'entendrai parler pendant toute mon enfance. De Bruxelles, mon père a rapporté un châle en indienne ; d'Ostende, une boîte ornée de coquillages ; de Paris, une paire de gants qui montent jusqu'aux coudes.

A Reims, parce que le frère de Grisard est dans les vins, les amis de la cagnotte ont visité les caves d'une grande maison de champagne. Le jour de leur retour était un dimanche et il paraît que tous les magasins étaient fermés.

Mon père, en rentrant, a embrassé Henriette et a tiré de sa poche un bouchon, un énorme bouchon à champagne qu'on lui a remis comme curiosité. Il l'a posé sur la table. Ma mère a attendu.

— Je n'ai pas pu te rapporter de cadeau parce que...

Les yeux d'Henriette s'écarquillent et ce ne sont pas seulement des sanglots qui éclatent, c'est une crise de nerfs. Elle halète, au comble de l'indignation, au comble de la douleur :

— Un bouchon !... Un bouchon !... Un bouchon !...

Elle n'a jamais voyagé. Il est allé à Reims avec ses amis. Ses trois jours de congé annuel, il les passe chaque année avec ses amis. Il a visité les caves, il a bu du champagne et il a l'audace, le culot, le cynisme, le... la... de lui rapporter... un bouchon !

Un bouchon que Désiré traînera derrière lui, alourdi d'année en année, jusqu'à son lit de mort.

Les Simenon n'ont pas de sentiment !

Ces sentiments-là, je voudrais t'en donner une idée exacte, car c'est, je pense, toute une page de l'histoire du monde et peut-être l'explication d'un monde.

Par exemple : ma mère vient de descendre la voiture. Christian, qui est un bébé aussi quiet, aussi gras, aussi placide que j'ai été un bébé difficile, est dedans. Je marche à côté de ma mère, dont je tiens machinalement la jupe.

A côté de chez nous, c'est la maison à loggia des rentiers, des Lambert. Ce sont de vrais rentiers, c'est-à-dire des gens qui sont nés rentiers, dont c'est la profession. Ce n'est pas parce qu'ils sont vieux qu'ils ne font plus rien. Ils ne se reposent pas. Ils n'ont jamais rien fait.

Ils possèdent des titres, des obligations, des actions. Ils sont propriétaires aussi d'un certain nombre de maisons sordides dans les petites rues et c'est le meilleur placement parce que les pauvres finissent toujours par payer leur loyer.

Ils passent leur vie dans la loggia. Le vieux M. Lambert, sauf quand il promène son chien, se chauffe au soleil. La vieille Mme Lambert fait de la broderie ou du crochet. La demoiselle Lambert, qui va avoir quarante ans et qui est si distinguée, fait la même chose que sa mère.

Le chien, lui, un magnifique, un énorme chien des Pyrénées aux longs poils, est étendu toute la journée sur le trottoir.

Or, à peine dans la rue, Henriette lève les yeux vers la loggia. Elle sourit discrètement. Puis elle se penche vers le chien et le caresse. Puis elle lève encore les yeux et son sourire devient un salut extrêmement nuancé, d'autant plus nuancé que Mme Lambert hoche la tête et que Mlle Lambert se penche un instant et même, parfois, m'adresse un signe de main.

Désiré dirait (il le dit d'ailleurs) :

— On ne devrait pas laisser un gros chien comme celui-là sans muselière dans la rue.

Parce que Désiré est un Simenon. Et, pour lui, ces petits signes qui viennent de s'échanger de la loggia au trottoir ne signifient rien. Or, ils signifient : « Tiens, voilà la jeune maman du second, à côté, qui sort ses enfants. A-t-elle du mérite à les élever dans un second étage et à

144

les tenir si propres ! Comme elle est mince ! Comme elle doit être fatiguée ! Comme elle est fière et courageuse ! Il faut lui témoigner de la sympathie ! Il faut sourire à ses enfants ! L'aîné est bien maigre, lui ! Voilà quelqu'un de "comme il faut" et de méritant ! »

Henriette nuance sa réponse muette : « Vous voyez que je suis sensible à votre sollicitude ! Vous m'avez comprise ! Je fais tout ce que je peux ! Je n'ai pour cela que le strict nécessaire ! Vous êtes rentiers. Vous êtes les gens les plus riches de la rue. Vous avez une loggia ! Merci de me faire signe ! La preuve que je ne suis pas une ingrate, la preuve que j'ai de l'éducation, c'est que je caresse votre gros chien, qui, au fond, me fait si peur et qui, un de ces jours pourrait sauter sur un de mes enfants. Merci ! Merci beaucoup ! Croyez que j'apprécie… »

Pardon, ma pauvre maman, mais c'est vrai et je veux que ton petit-fils soit délivré de cette charge qui a pesé toute ta vie sur tes épaules. La preuve que c'est vrai, c'est que tu n'as pas parcouru dix mètres que tu regardes en face, vers l'autre maison à loggia.

Ce n'est pas le juge, pourtant, que tu verras. Ni sa femme, puisqu'il est célibataire. C'est sa servante, ce qui est presque la même chose, car ce n'est pas une femme qui va faire son marché « en cheveux », mais une personne fort digne qui passe, elle aussi, ses après-midi dans la loggia et qui te sourit.

— Quel bel enfant ! t'a-t-elle dit une fois en se penchant sur la voiture de Christian.

Désormais, il n'y a plus de doute possible : Christian est vraiment un bel enfant.

Par contre, Mme Loris aura beau te guetter de son seuil, se prendre d'affection pour moi et avoir toujours des friandises à mon intention dans la poche de son tablier, elle ne recevra, en contrepartie, que des sourires disant : « Merci ! Je vous remercie par politesse, parce qu'il faut bien. Mais nous ne sommes pas du même monde. Ce ne sont pas les Lambert qui se pencheraient à leur loggia pour vous saluer, ni même la servante du juge, et tout le monde sait dans le quartier que vous étiez la maîtresse de Loris avant d'être sa femme. Tout le monde sait aussi que vous êtes sortie de rien, que vous étiez bonne à tout faire et que vous êtes la personne la plus mal embouchée du quartier. Je dis merci. Mais je suis gênée, vis-à-vis des autres, que vous m'arrêtiez au passage, et j'aimerais mieux passer devant chez vous sans m'arrêter... »

Pourtant, Loris est ingénieur. Sa maison est à lui. C'est un homme énorme et sa femme est aussi grosse. Ils ne vivent, dit-on, que pour manger. Ils sont gras, repus, avec des lippes humides et des petits yeux de gorets à l'engrais.

Ils tutoient facilement les gens. Mme Loris lance, devant tout le monde, au marchand de légumes :

— Tu es un voleur, Sigismond ! Tu m'as encore refilé des carottes pourries...

Elle se montre sur son seuil n'importe comment, en peignoir, pieds nus dans des savates, et n'hésite pas à interpeller les gens d'un trottoir à l'autre.

— Viens, mon petit garçon... Viens chercher un morceau de chocolat près de la grosse Loris...

Henriette n'ose pas me retenir. Elle prononce :

— Va ! Dis merci à Mme Loris...

Tandis que ses dents se découvrent dans un sourire que tu ne comprendras jamais, mon petit Marc, si, comme je l'espère, tu n'es pas bien élevé.

La rue Pasteur n'est pas longue. Après la maison de Mme Loris, c'est celle de M. Herman, le premier violon du Théâtre Royal, qui est toujours si bien habillé et qui a de si beaux cheveux blonds, encore que déjà rares.

Puis c'est la maison des Armingault, à la porte toujours ouverte.

— Ma pauvre Henriette !...

Julia Armingault, maigre et dolente, est une des complices d'Henriette. Elles s'embrassent. Elles se tutoient. Ce qui n'empêche pas ma mère de confier à Valérie :

— Je me demande comment elle peut supporter qu'il fasse si sale chez elle...

— Ma pauvre Julia...

Elles s'attendent. Julia a deux enfants, une fille un peu plus âgée que moi et un fils qui a exactement mon âge.

Nous voilà tous, avec mon frère dans sa voiture, formant un petit groupe sur le trottoir et nous dirigeant vers les ormes de la place du Congrès.

Deux maisons encore, des maisons assoupies, puis la Boucherie Godard qui fait le coin et qui est déserte à cette heure, et c'est la place du Congrès.

Lamentations-partie ! Mme Armingault est cette femme qui a peut-être un cancer à l'estomac, dont il ne faut pas lui parler, et ma mère ne peut la regarder sans se sentir les yeux humides.

Sans compter qu'elle a épousé un homme qui...

Un bel homme, par exemple. Une « belle prestance ». Le plus bel homme du quartier. Un officier d'artillerie qui avait tout l'avenir devant lui et qui est devenu l'amant d'une actrice de la Renaissance. Un soir, dans sa loge, il l'a trouvée avec un autre et a tué l'amant à coups de revolver.

Il a été dégradé devant son régiment. Il a fait de la prison. Il est devenu représentant en tissus et il a fini par se marier.

147

— Ma pauvre Julia...

On le voit, lui, partir le matin et rentrer le soir sans parler à personne.

— Quand on pense que nous avons une si pauvre vie...

— Il me donne tout l'argent que je veux pour le ménage... Mais tu comprends... Jamais un petit mot gentil... Même pas aux enfants... On dirait qu'il ne nous voit pas, qu'il vit ailleurs, et je me demande parfois s'il se rend compte que nous existons...

Nous voilà tous sous les ormes de la place du Congrès, où les bancs sont peints en vert. On balance la voiture pour endormir mon frère. On dit à mon compagnon et à moi :

— Allez jouer gentiment.

Alors dans le calme de l'après-midi, que n'interrompt de cinq en cinq minutes que le passage d'un tram 4, le complot se resserre. Valérie n'est que la confidente du vendredi soir et, au fond, incapable de comprendre.

Mme Armingault, elle, est du quartier. Elle connaît cette maison du coin de la rue de la Commune devant laquelle les deux femmes sont assises.

— *Elle* paie seulement soixante francs par mois de loyer...

Elle, c'est une femme d'une trentaine d'années, une belle brune au teint mat, aux cheveux toujours croulants, que je n'ai jamais vue qu'en négligé, en peignoir de soie bleu pâle jeté à la diable sur du linge orné de dentelles.

Ses seins sont les premiers que j'aie entrevus et je me souviens de ses cuisses, quand le peignoir s'entrouvrait sans qu'elle en eût cure.

Toutes les fenêtres de la maison, qui respirent la joie, sont ouvertes, et, dans les chambres, on aperçoit des armoires à glace, on devine des lits, des gravures aux murs. Une bonne secoue des tapis, on met des matelas à l'air sur l'appui des fenêtres.

— Cinq chambres à trente francs par mois... Cela fait cent cinquante francs... On m'a dit qu'elle leur compte le seau de charbon cinquante centimes, elle gagne donc vingt centimes par seau...

Et Henriette, sur son banc, berce Christian dans sa voiture.

— Allez jouer, mes enfants ! Surtout, ne vous salissez pas... Je sais bien, Julia, qu'*elle* fait « entrée libre »... Mais il y a des étudiants qui ne demandent pas l'« entrée libre »... Moi, je ne leur permettrais pas de recevoir de femmes... C'est à prendre ou à laisser... J'ai compté qu'en leur servant le petit déjeuner, peut-être les autres repas...

Désiré, à son bureau des Guillemins, ne se doute pas de ce qui s'ourdit. Il soupçonne encore moins que bientôt il ne sera, chez lui, que le dernier des locataires.

— Si tu n'es pas gentil, me crie ma mère, j'entrerai à l'hôpital.

Ce n'en est pas moins elle qui gagnera la partie.

10

Fontenay-le-Comte,
le 30 avril 1941.

En veut-on au jeune chien qui enfouit jalousement morceaux de pain et vieux os sous la paille de sa niche ? N'est-ce pas un obscur instinct qui lui dit que les hommes peuvent donner un jour de somptueuses pâtées et le lendemain rien du tout ?

Toi-même, à un an et demi, tu guettais l'instant où on ne te surveillait pas pour glisser sous le tapis tout ce qui te tombait sous la main et tu te constituais ainsi une sorte de trésor.

Je crois que chacun a besoin du sien. Celui de Désiré est presque imprenable. C'est le soleil qui l'accueille à son réveil, l'odeur du café, la conscience qu'une journée aussi unie, aussi limpide que les autres va s'écouler, et c'est ensuite la rue qui lui procure autant de joie que si elle lui appartenait, son bureau, la tartine qu'il mange dans la solitude de midi et la lecture du journal, le soir, en bras de chemise.

Le trésor d'Henriette est en partie dans la soupière, sous les quittances de loyer et le livret de mariage, en partie au fond de la garde-robe, enroulé dans un vieux corset.

Quand elle est entrée en ménage, il lui a manqué de l'argent pour finir le mois. Elle ne l'a pas oublié. Elle ne l'oubliera jamais.

Elle sait aussi que les hommes, surtout les Simenon, n'ont pas le sens de la catastrophe, et voilà pourquoi, sans doute, aussi innocemment que le chiot ou que toi-même, elle triche toute la journée.

Les fourmis qui s'assurent de la sorte leurs provisions d'hiver portent des charges plus grosses qu'elles et on les plaint d'aller et venir sans répit du lever au coucher du soleil.

Les butins d'Henriette, qui demandent tant de patience, tant de ruses, tant de rouéries, sont minuscules.

Justement, si le matin elle va chercher ses légumes et ses fruits au marché, c'est qu'on peut marchander, gagner un sou ici, deux centimes là, et on gagne encore deux sous quand on ne prend pas le tram ou quand, le jeudi, dans la bonne odeur chaude de chez Hosay, où j'ai droit à un gâteau à la crème, Henriette murmure, les lèvres étirées dans un sourire convaincant :

— Moi pas, merci. Je ne pourrais rien manger maintenant.

Encore dix centimes !

Et si, le matin, le boucher, en belle humeur, nous donne un os à moelle sans le faire payer, c'est cinq centimes qui passent au trésor.

Tous ces centimes, à la longue, se transforment en une pièce de cinq francs.

Et ces pièces de cinq francs qui, au début, n'étaient qu'une sorte d'assurance contre la catastrophe – que ferions-nous si Désiré tombait malade ou s'il était renversé par le tram ? – ces pièces de cinq francs prennent peu à peu un sens précis.

Est-ce qu'Henriette est cynique quand, le soir, elle soupire, les mains sur les reins ;

— J'ai mal au dos… C'est si difficile de garder deux enfants à la fois… Quand je suis occupée avec Christian, je me demande toujours si Georges ne va pas en profiter pour faire une bêtise…

— Eh bien ! envoyons Georges à l'école gardienne…

Désiré n'y voit que du feu. Il ne sait pas que, l'après-midi encore, tout en berçant mon frère dans la voiture, Henriette, de son banc de la place du Congrès, a contemplé la maison de la dame au peignoir bleu clair.

On commencerait en plus petit : trois chambres, par exemple. Une belle, avec des meubles en chêne achetés lors du mariage et l'armoire à deux glaces… C'est une chambre qui se louerait au moins trente francs par mois… On trouverait pour les deux autres – des chambres à vingt francs – des meubles pas chers à la salle des ventes.

Dès lors, le quartier, pour Henriette, n'est plus le banal quartier de la place du Congrès. Les étudiants, surtout, nombreux, ne sont plus de simples passants.

J'ai connu, depuis, des restaurateurs. J'ai compris que le monde entier, pour eux, a un autre sens que pour le commun des mortels. Une voiture passe, hésite et s'arrête ? Ce n'est pas une simple voiture avec des touristes dedans.

Le restaurateur, qui a regardé par un coin du rideau, décide du premier coup d'œil : « Trois dîners à tant… Du vin à trente francs la bouteille, vieille fine et liqueurs… » Il se précipite en souriant, alors que pour le vieux couple renfrogné – deux dîners sans vin et sans supplément – il se contente d'envoyer la serveuse.

Eh bien ! Henriette a repéré dans chaque rue les maisons où on loue des chambres pour les étudiants.

Avec l'air de rien, elle se livre à des travaux d'approche.

— Ce sont des Russes que vous avez, madame Collard ?

— Deux Russes et un Roumain.

— Le Roumain, c'est le grand brun qui est toujours si élégant ?

— Il peut bien être élégant ! Ses parents sont riches et lui envoient deux et trois cents francs par mois. Avec ça, il parvient à faire des dettes. Mais je suis tranquille. Les Russes sont plus pauvres. J'en ai un dont la mère est servante et qui vit avec cinquante francs.

— Comment s'arrangent-ils pour la nourriture ?

Henriette, l'œil candide, ne perd pas une syllabe.

Valérie seule, et Mme Collard, sont dans le secret.

— Si je trouvais une maison pas trop grande à louer ?

Un des principaux obstacles est écarté : je vais désormais à l'école gardienne, dans la pouponnière de la bonne chère sœur Adonie.

Nous sommes vingt ou trente petits patauds que leurs parents amènent le matin et que la sœur, courte mais énorme, semble prendre bien vite sous ses ailes.

Sœur Adonie est pâle, douce et molle comme une chose qui se mange et, à cause de sa longue robe noire qui lui cache les pieds, elle n'a pas l'air de marcher mais de glisser au ras du sol.

Chaque enfant apporte un bidon qui contient du café au lait. Chacun aussi, dans une boîte en fer coloriée, apporte ses tartines et un morceau de chocolat.

Tous les bidons sont rangés sur le gros poêle qui est au milieu de la classe, et voilà que j'ai déjà ma première déception.

La plupart des bidons, en effet, sont en émail bleu ou rouge. Le mien est en fer, simplement.

— Les bidons de couleur sont de mauvais goût ! a décidé Henriette. D'ailleurs, l'émail, ça casse.

Elle triche encore, triche toujours ; elle trichera toute sa vie. Les bidons d'émail coûtent plus cher. En outre, on fait facilement des éclats dans l'émail.

C'est presque de bonne foi, pourtant, une bonne foi qu'elle obtient grâce à un tout petit effort, qu'elle déclare :

— L'émail est de mauvais goût.

De mauvais goût aussi ces boîtes à tartines d'un rouge ou d'un vert violent, avec des scènes peintes, des enfants qui jouent au diabolo, ou des illustrations des contes de Perrault.

Ma boîte est unie.

Et je ne porterai jamais ces tabliers à petits carreaux, roses pour les filles, bleus pour les garçons, que j'aime tant.

Ce sont les enfants d'ouvriers qu'on habille ainsi !

Pourquoi les enfants d'ouvriers ? Mystère ! J'aurai, moi, des tabliers noirs en satinette inusable, moins salissants.

Et j'aurai, pour « mon dix heures », du chocolat Antoine sans crème. Parce que, paraît-il, la crème qu'on trouve – blanche, rose ou vert pistache – dans le chocolat de mes petits camarades, « on ne sait pas avec quoi c'est fait ».

Mon horizon s'est rétréci et c'est mon frère Christian qui, maintenant, partage la vie matinale de la cuisine à l'heure où l'on met la soupe au feu, c'est lui qu'on traîne chez le boucher ou chez le charcutier, c'est lui seul qu'on promène les après-midi dans les rues du quartier où vivent tant d'étudiants.

Le matin, mon père, en allant au bureau, me conduit à l'école. Le monde n'est plus que comme un décor de théâtre aux lignes et aux plans simplifiés.

S'il fait beau, un jardin, le jardin des sœurs, avec une vigne vierge qui couvre tout le mur de briques et des poiriers en cordon qui cernent les plates-bandes, un vieux jardinier qui ratisse ou qui arrose ; parfois, dans le ciel, un vol d'oiseau.

S'il pleut, ou s'il fait froid, une grande classe aux murs blancs couverts de travaux d'élèves, de canevas, des tresses, des tableaux au point de croix, rouge sur écru.

Que ce soit dans les taches de soleil du jardin ou dans les vagues de chaleur de l'énorme poêle, je ne me souviens que des passages du tram, des cloches de l'église dont, quand il y avait un enterrement, nous entendions vaguement les orgues et les chants.

Je me souviens aussi des après-midi d'hiver quand, à l'aide d'un rat de cave attaché au bout d'une perche, sœur Adonie allumait les deux becs de gaz dès trois heures. Nous prenions, dans cette lumière crue, des allures de fantômes, et le poêle chauffait si fort que quand, à quatre heures, nos mères venaient nous chercher, nous entrions tout étourdis dans le noir humide de la rue qui avait un goût particulier.

Dans les artères calmes et larges d'Outremeuse, en dehors de la rue Puits-en-Sock et de la rue Entre-Deux-Ponts, les magasins ne sont pas de vrais magasins. Ce sont des maisons bourgeoises où on s'est contenté de placer un comptoir et des rayons dans la première pièce du rez-de-chaussée.

De sorte que les vitrines – qui ne sont pas de vraies vitrines – sont trop hautes. Un seul bec de gaz les éclaire et, de loin, on ne voit qu'un halo jaunâtre sur le trottoir. La porte de la rue est ouverte. Le seuil a trois ou quatre marches et le corridor n'est pas éclairé.

Quand on pousse la porte intérieure, un timbre retentit,

ou bien des tubes en cuivre s'entrechoquent en faisant de la musique. Malgré cela, il faut crier plusieurs fois :

— Quelqu'un !

Enfin, on entend du bruit loin. Une femme qui n'est pas une vraie commerçante non plus, ou bien un homme qui a passé la journée à son bureau, demande gauchement :

— Qu'est-ce que c'est, mon petit ?

On voit un morceau de boudin sur un plat, deux ou trois fromages de Herve sous globe, six boîtes de sardines, des biscuits. On coupe. On pèse. Les tubes de cuivre s'entrechoquent et la rue reprend son calme absolu.

Voilà ce que Désiré n'a pas voulu.

— Ah ! si seulement je n'avais pas deux étages à monter toute la journée…

Henriette soupire, Henriette est lasse. Elle a mal au dos. Elle aura mal au dos jusqu'au jour où elle aura enfin gagné la partie.

— A propos, Désiré…

Il flaire le danger et ne lève pas les yeux de son journal.

— J'ai trouvé une maison… Ici tout près… rue de la Loi, juste en face de l'école des Frères… Ce serait pratique quand Georges ira à l'école primaire…

— Comment veux-tu que nous gagnions le loyer d'une maison, alors que tu répètes tout le temps que nous n'avons que le strict nécessaire ?

— Je me suis renseignée sur le prix… Cinquante francs par mois. Ici, nous en payons trente et, le soir, mes jambes n'en veulent plus… J'ai pensé que, peut-être en louant le premier étage…

Désiré lève enfin la tête ; le journal tombe sur ses genoux.

— Demain, en revenant du bureau, tu devrais visiter. Les papiers peints sont presque neufs et la cage d'escalier est peinte à l'huile... Voilà encore la lampe qui fume...

Elle baisse la mèche.

— A propos, il y a le gaz...

Elle soupire, tâte ses reins douloureux.

— Mme Collard me disait...

— Qui est-ce ?

— Une veuve qui habite rue de la Constitution... Son mari ne lui a laissé que des dettes... Elle a un fils du même âge que Georges...

Pauvre Désiré ! Que la tranquillité qui t'est si chère est déjà loin de toi !

— Qu'est-ce qu'elle fait, Mme Collard ?

— Elle a des locataires... Des étudiants fort comme il faut... Oh ! elle ne fait pas « entrée libre »... Cela lui rapporte quand même de quoi vivre et elle a tous ses après-midi pour elle...

— Tu nous vois avec des locataires ?

— Nous n'avons pas besoin de les voir. Ils restent dans leur chambre. Pendant la journée, ils sont à l'Université. On leur donne la clé.

— Et qui ferait les chambres ?

— Trois lits à faire le matin, ce n'est rien. J'aime encore mieux faire ça que monter les deux étages toute la journée.

Il pourrait lui répondre qu'elle ne monte pas les étages toute la journée, qu'elle en montera davantage quand elle devra, non seulement faire trois lits, mais nettoyer trois chambres, allumer trois feux, monter de l'eau et redescendre les eaux sales.

Il est déjà trop tard. La complainte du strict nécessaire,

tant de fois répétée, même devant les gens, a émoussé la résistance de Désiré.

— Tu vas te fatiguer.

— Et si cela me rapporte assez pour prendre une femme de ménage ? As-tu pensé à ce que je ferais avec deux enfants s'il t'arrivait quelque chose ?

Mon père visite la maison de la rue de la Loi. Il y a deux pièces à droite, qui devraient être le salon et la salle à manger.

— Ce sera notre chambre et celle des enfants… Pour le reste, la cuisine à porte vitrée, au fond du corridor, suffira. Il y a même une cour pour la lessive !

Puis une chambre à l'entresol, deux au premier étage et deux mansardes.

— Si tu devais faire le ménage, la cuisine, le linge, monter et descendre du matin au soir, on comprendrait que tu hésites. Mais tu n'es qu'un égoïste, comme tous les Simenon. Tu ne penses qu'à lire ton journal, le soir, pendant que j'épluche les pommes de terre et que je raccommode à la lumière d'une mauvaise lampe à pétrole !

La lampe à pétrole elle-même devient perfide pour la circonstance !

— Eh bien !…

Que va-t-il dire ?

— Fais comme tu voudras !

Pourtant, il fronce les sourcils.

— Avec quoi achèterons-nous les meubles ?

— J'ai cent cinquante francs de côté. Je sais où trouver deux chambres à coucher d'occasion.

S'il lui demande comment elle peut posséder cent cinquante francs d'économie malgré son fameux « strict nécessaire », il y aura une scène, reproches, migraines, etc.

158

Il préfère répéter, en reprenant son journal et en rallumant sa pipe :

— Fais comme tu voudras !

C'est déjà fait. A peine a-t-il dit oui que le déménagement s'accomplit.

— A propos, Désiré...

Maintenant, le pli est pris et elle sait qu'il n'osera pas protester.

— Pendant quelque temps... Les premiers mois... En attendant que je puisse acheter une autre chambre avec les premiers bénéfices...

Eh oui ! Désiré devra céder aux locataires (pour la belle chambre à trente francs) la chambre à coucher de son mariage, l'armoire à deux glaces, le lavabo couvert de marbre blanc, le lit fait sur mesure (à cause de son mètre quatre-vingt-cinq) et jusqu'à la garniture de toilette en faïence à fleurs roses.

En attendant, bien sûr ! le ménage couchera dans un lit de fer qu'Henriette a acheté d'occasion.

— Le matelas est bon. On prétend que les lits anglais sont les plus sains.

Sa belle chambre, Désiré ne la retrouvera jamais. Et même, bientôt, il n'en aura plus les quatre murs.

— Vois-tu, Désiré, trois locataires, c'est trop peu pour payer une femme de ménage. Si j'en avais quatre ou cinq...

A quoi servent les deux mansardes qui sont très propres, blanchies à la chaux, assez bien éclairées ? A rien ! En louant les deux pièces du rez-de-chaussée...

Elle les a louées, et la maison de la rue de la Loi s'est rétrécie pour nous jusqu'à ne plus comporter qu'une cuisine et deux mansardes.

— Sais-tu combien Mme Collard gagne sur les petits déjeuners ?

On n'a pas engagé de femme de ménage. Henriette n'a plus mal au dos. Chaque matin, de huit heures jusqu'à dix, les locataires prennent possession de la cuisine et nous mangeons sur un bout de table.

— Attention ! C'est la place de M. Saft…

M. Saft, M. Bogdanowski, Mlle Frida, qui est une étudiante russe, tous prennent l'habitude de venir étudier dans la cuisine, où il fait plus chaud.

— Si je leur servais le repas de midi, à un franc le repas…

Le repas du soir y passe aussi. Il n'y a plus un coin de libre dans la maison, et Désiré doit chercher longtemps un crochet pour son pardessus au portemanteau du corridor.

La complainte du strict nécessaire a atteint son but et Henriette, enfin, sans rendre de comptes à personne, réalise des économies.

11

Fontenay-le-Comte,
vendredi 2 mai 1941.

Nous avons eu hier une journée d'image d'Épinal, de celles dont on garde le souvenir toute sa vie comme on garde dans l'album les portraits de famille à tous les âges.

Je crois que, si on en fait le compte, on s'aperçoit qu'on vit très peu de ces journées-là, et pourtant il y a en elles une telle pureté et une telle force, elles sont si gonflées de sève, la vie y atteint à une telle intensité en même temps qu'à une telle immobilité que nous nous obstinons à nous faire une image du monde d'après ces heures miraculeuses.

C'était le 1er mai, jour de bagarres, de sombres cortèges, de gardes à cheval et de sabres au clair jadis, jour à présent de discours sociaux et de vente d'insignes au profit des œuvres.

Peu importe, ça n'est pas de là qu'est né le miracle. Car il y a bien une sorte de miracle. D'autres matins, le ciel était plus beau, d'autres soirs, le soleil s'est couché avec plus de splendeur. Pourtant c'est cette journée-là qui s'est révélée dès l'aurore comme la journée type d'un printemps, du printemps, peut-être, de toute ton enfance.

Un temps sourd, orageux, ensoleillé malgré plusieurs couches de nuages d'éclats différents, qui donnaient au ciel une splendeur presque dramatique. Deux ou trois fois, il est tombé quelques gouttes d'eau très fluides, mais les oiseaux ne s'arrêtaient pas de chanter, ni les mouches de passer lourdement d'un rayon de soleil à l'autre.

Comment pouvais-je savoir, dès mon réveil, que ce ne serait pas une journée comme une autre ? L'air sentait les dimanches d'autrefois, les dimanches d'excursion, par exemple, quand ma mère mettait un chemisier blanc repassé de la veille et qu'avant de sortir on cherchait partout son ombrelle.

Je me suis instinctivement rasé avec plus de soin. J'ai essayé plusieurs cravates avant d'en choisir une verte. Madame Nouvelle t'a mis tes culottes bleu marine qui te donnent l'air d'un garçonnet, ta chemisette brodée de fleurs rouges et bleues.

Il y a quelques jours que maman t'a coupé les cheveux, qui te tombaient sur les yeux, et, ces quelques cheveux blonds et très fins, elle les a mis, comme toutes les mamans de la terre, dans un papier de soie.

Nous sommes partis tous les deux, rien que nous deux, ta main dans la mienne, et nous avons suivi gravement la longue allée dont les marronniers sont en fleur. Les pies y font leur nid. Les vaches sont au pré ; la jument et l'âne nous regardent passer.

Plus loin, dans la plaine, des petits jardins sont comme des tapis de tons différents et des gens profitent d'un jour de congé pour y travailler.

On sent l'univers très vaste et pourtant il a quelque chose d'intime, de rassurant, comme une entente parfaite entre les êtres et les choses.

Nous marchons et tu ne serais pas étonné si l'âne, qui a levé la tête pour te regarder, te disait simplement : « Bonjour, Marc. »

On oublie que, si tu as bu du lait ce matin, c'est parce qu'on a pris son veau à la vache.

Mais non ! La vache est là pour te donner du lait et pour faire une vivante tache claire dans l'herbe luisante du pré. Le train qui passe au loin ne va nulle part ; il n'est là que pour siffler et pour étirer sur le fond du paysage un long nuage de vapeur blanche.

Chaque chose est en place, comme sur un chromo, et le drame perpétuel de la nature s'est interrompu pour faire place à une harmonie parfaite et douce.

Le bruit de nos semelles sur le gravier nous accompagne, puis, la grille du parc franchie, nous atteignons la ruelle en pente qui va nous conduire à la ville. Le sol est inégal et tu butes sur de gros cailloux. Par les fenêtres ouvertes, par les portes béantes des petites maisons, on voit des gens qui font leur toilette ou qui mangent, et des musiques différentes s'échappent des appareils de radio.

Lorsque nous atteignons la rue de la République, elle est encore déserte, mais bientôt deux jeunes filles tôt levées nous présentent des brins de muguet dans un petit panier.

Qu'avons-nous fait, toi et moi ? Rien, ou presque. Je t'ai fait faire pipi dans le ruisseau. Le pâtissier, sur son seuil, t'a donné un gâteau, que tu as grignoté consciencieusement tout le long du chemin. La marchande de journaux t'a donné un journal illustré au papier râpeux et aux couleurs violentes.

La rue s'est peuplée. D'autres petits garçons, des petites filles ont passé, tenant une maman par la main, et vous vous regardiez les uns les autres avec attention.

Tu t'es approché d'une petite fille en bleu pâle et tu lui as tendu ton bouquet de muguet.

— Tiens, petite fille.

Elle te regardait sans le prendre, avec cette méfiance inquiète des gens devant un geste gratuit.

C'est moi qui t'ai suggéré de donner le muguet. Je t'en ai fait donner d'autre, à d'autres petites filles, parce que je voudrais que la vie soit comme ça, parce que aujourd'hui n'est pas un jour comme un autre.

Tu t'es assis sur la banquette de velours grenat du café pendant que je prenais un verre de vin et que les hommes jouaient au billard.

Des jeunes gens et des jeunes filles en vélo partaient en bande pour la campagne, dans un grand concert d'éclats de voix.

Nous sommes rentrés pour déjeuner. Les bonnes et ta gouvernante sont parties. Alors, ta mère, toi et moi avons dormi dans une chambre chaude de soleil où nous parvenait le cri mécanique des pintades.

C'est simple, n'est-ce pas ? Un peu engourdis, nous sommes allés voir les poules et les oisons qui viennent de naître. Tu t'es accroupi au milieu des volailles et tu leur as distribué le grain du soir, en écartant le coq trop vorace que tu saisissais par la tête, par le cou, par la queue, en lui disant comme à une personne :

— Allons, Tintin !

C'est tout. Quand je suis descendu en ville, au moment où le soleil se couchait, les vélos revenaient de la campagne, couverts de fleurs, et les jambes peinaient sur les pédales.

Les familles qui avaient déjeuné sur l'herbe, dans la forêt de Vouvant, rentraient à pied. Le mauve des lilas se fondait dans le mauve du soir.

On avait l'impression, vois-tu, qu'on n'était pas un homme dans la rue, un être dans l'univers, mais que tout se fondait à tout, que gens et choses, ce jour-là, avaient vécu la même vie, s'étaient imprégnés pareillement de béatitude. La cloche de la cathédrale ou le clocher de Saint-Jean, la gare jaune et blanche tout au bout de la rue de la République, les nuages qui restaient blancs au fond du ciel et les nuages plus bas qui se fanaient déjà, et jusqu'au bruit des verres et des soucoupes dans les cafés aux portes ouvertes, jusqu'à l'odeur de la bière, jusqu'au savetier assis devant son seuil, tout constituait un cercle parfait.

Or, cette nuit, j'ai rêvé. Ou plutôt j'ai commencé un rêve puis, dans un état de demi-sommeil, je l'ai continué avec la conscience que je rêvais, mais que ce n'était pas tout à fait un rêve.

Je regardais la terre. Elle était là, devant moi, pas très grosse, puisque je pouvais la contempler tout entière, et elle tournait à un rythme lent et régulier.

Ce n'était pas la terre bariolée des mappemondes, mais une terre couverte comme d'une mousse verte et luisante.

C'est un peu ainsi que, du haut du ciel, nous la voyions quand nous survolions en avion la Forêt-Noire et les Vosges.

Sur cette terre que je regardais dans mon rêve régnait une vie intense, exceptionnelle. Dans l'épaisseur de cette mousse verte, en effet, on devinait des milliers, des millions d'êtres qui se déplaçaient, marchaient vers un but, poussés par un destin inexorable.

Ce mouvement ressemblait à l'agitation qui, dans une ruche, précède l'envol d'un essaim. Il ne se faisait pas dans un seul sens, mais dans plusieurs.

Et je disais à voix haute, en regardant à la loupe cette couche verte vibrante de vie :

— Le monde se transvase…

Dans mon rêve, ces mots avaient un sens si précis qu'ils suffisaient à tout expliquer. Un peu avant encore, ces êtres minuscules restaient à leur place, aux endroits qui étaient les pays et les continents.

Puis il y a eu un frisson à la surface, quelques départs isolés. Ensuite cela a ressemblé à une marée, et les êtres changeaient de place non plus à leur guise, mais parce qu'il *fallait* transvaser tous les hommes.

Sans doute ai-je fait ce rêve parce qu'il y avait hier, dans le calme cristallin de Fontenay, des centaines de soldats allemands en uniforme gris le long des trottoirs.

D'autres sont entrés dans le parc du château, par petits groupes, et ils nous regardaient vivre notre vie du dimanche, certains essayaient d'en photographier les aspects.

L'Amérique viendra-t-elle en Europe ? Il est question qu'elle entre en guerre. Hier, les Anglais étaient en Grèce et aujourd'hui les Allemands les ont chassés pour prendre leur place. Les Japonais sont en Chine et les Australiens en Égypte.

Des populations entières, avec les pauvres et les riches, le maire et le garde champêtre, les vieillards, les femmes enceintes et les bébés au sein, le chien, le chat et le canari familier, ont été transportées d'un endroit à un autre, de Pologne en Roumanie ou de Grèce en Turquie. Le rythme s'accélère et ce mouvement que nul ne peut arrêter continuera jusqu'à ce que chacun ait trouvé sa nouvelle place.

Cela a commencé en apparence avec la guerre de 1914. C'est alors, en tout cas, que les foules se sont mises en marche, mais bien longtemps avant – comme les abeilles envoient des estafettes reconnaître le terrain avant le départ de l'essaim – on a assisté à des allées et venues préparatoires.

C'est ainsi que, vers 1907, par une journée aussi limpide que celle d'hier, une de ces journées sans une ride, sans un remous, une femme s'est arrêtée devant notre maison de la rue de la Loi.

Elle était aussi étrangère, dans le quartier, que les Allemands en uniforme l'étaient hier dans le parc du château.

Elle était toute seule. Elle précédait les autres. Elle précédait de plusieurs années tous les exodes, tous les transvasements, et c'est pourquoi, bien qu'elle n'eût que vingt-deux ans et qu'elle fût une jeune fille, elle était si impressionnante.

Depuis deux jours seulement, à une des fenêtres du rez-de-chaussée, Henriette avait affiché, avec des pains à cacheter, un écriteau acheté chez le papetier : « Chambres garnies à louer. »

Or, voilà qu'un coup de sonnette retentissait. Ce n'était pas un coup de sonnette ordinaire, Henriette le savait. Elle regardait à travers le rideau et découvrait, devant la porte, une mince silhouette noire qui n'était ni du quartier, ni de la ville, ni même du monde tel que nous le connaissions.

— Mon Dieu ! qu'elle est laide !

Pourtant Frida Stavitskaïa n'était pas laide. Elle était *elle*, pleinement, farouchement, cyniquement, et, comme ma mère n'ouvrait pas la porte assez vite, elle sonnait à nouveau à en arracher la sonnette, « comme une sauvage, comme quelqu'un qui n'a reçu aucune éducation ».

Quand la porte s'ouvrait enfin, elle ne souriait pas, ne

saluait pas, ne s'excusait pas ; elle entrait, déjà chez elle, elle regardait les murs jaunes comme si on l'avait chargée d'un inventaire et disait enfin avec un fort accent :

— Où est la chambre ?

Voilà comment pour moi, pour nous, tout a commencé.

12

Fontenay-le-Comte,
le 28 mai 1941.

Une heure, que dis-je ? une demi-heure après que la femme a accouché, dans la plus humble maison, toute trace du drame qui vient de se jouer a disparu ; une femme qui croyait mourir sourit, rassurée, dans des draps propres ; tout est propre autour d'elle, tout est à sa place, rien ne rappelle le désordre sanglant au milieu duquel les petits hommes viennent au monde.

Au moment où, dans le silence total de la rue de la Loi, les pas de Frida Stavitskaïa résonnent, au moment où elle s'arrête devant l'écriteau, au moment où elle sonne, la maison est propre aussi, si méticuleusement propre et si parfaitement ordonnée qu'il semble qu'elle ne doive jamais servir.

Henriette elle-même est comme neuve, avec le sourire un peu las et tremblant de ceux qui viennent d'accomplir une grande tâche et qui en restent étourdis, la tête vide, n'attendant plus désormais que le verdict du Ciel.

Elle porte un corsage en liberty bleu pastel, à petits plis, aux épaules bouffantes, une robe de serge bleu marine dont le bas touche ses talons, remonte, serrée sur le corset, jusqu'en dessous des seins. Ses cheveux blonds forment une masse énorme que surmonte, très en avant sur la tête, un lourd chignon.

La maison est prête. Depuis deux jours, Henriette attend, craignant que le moindre geste, la moindre poussière ternisse son ouvrage.

Les murs de la cage d'escalier, en faux marbre, elle les a lavés à tant d'eaux qu'ils sont devenus presque blancs et que les veinures en ont quasiment disparu. Les marches ont été frottées au sable, la rampe cirée, et l'on se voit en tout petit dans la boule de cuivre jaune.

Trois semaines durant, seule, farouche, Henriette a tout gratté, repeint. Elle a passé à la chaux les murs de la cour.

Dans la pièce de devant, qui doit servir de salon, une salle à manger Henri II sent la cire et il y a des napperons partout, des cadres et des portraits, des bibelots fragiles et sans valeur qui resteront pourtant à la même place la durée d'une génération d'homme.

Sur l'appui des fenêtres, des vases de cuivre contiennent des plantes vertes, et deux épaisseurs de rideaux sont drapées, non pour donner un agréable spectacle de l'intérieur, mais pour être admirés par les passants.

La sonnette, par deux fois, a résonné dans la maison vide, et l'étrangère est là, vêtue de noir, ses cheveux sombres noués autour de la tête en une tresse serrée ; ses hautes bottines ont des talons plats et lui font des pieds d'homme ; pas une tache de blanc, pas un colifichet, pas un bijou ne relève la sévérité de la robe au col montant qui fait penser à l'uniforme de quelque secte puritaine.

Elle ne sourit pas. Sans doute juge-t-elle déplacé le sourire trop amène d'Henriette Simenon qui la fait entrer dans le salon.

— Asseyez-vous, mademoiselle.

— Non.

Un simple non. Un non qui dit non, parce que Frida Stavitskaïa n'est pas venue ici pour s'asseoir, ni pour admirer la propreté et l'ordonnance d'une pièce où elle n'a que faire.

Un non qui fait mal à Henriette, qui n'a jamais parlé ainsi à personne et qui a si peur de blesser, de froisser, de choquer.

— Vous êtes étudiante ?

Frida, debout dans l'encadrement de la porte, tournée vers l'escalier, n'éprouve pas le besoin de répondre, puisque ce qu'elle est ne regarde qu'elle, et elle répète :

— Je voudrais voir la chambre.

— Passez devant, mademoiselle. Je vais vous montrer la plus jolie, sur le devant. Les meubles sont neufs.

C'est la chambre rose, dont les deux fenêtres donnent sur la rue. Les murs sont roses. L'abat-jour de la lampe est rose. La garniture de toilette, sur le marbre du lavabo, est d'un rose fondant.

Frida Stavitskaïa ne se donne pas la peine d'entrer.

— Vous n'avez que cette chambre ?

— C'est la mieux…

Henriette voudrait tout dire à la fois, que la maison a été nettoyée de fond en comble, qu'il n'y a pas de punaises dans les lits, qu'elle a collé elle-même le papier peint, que…

Mais Frida, d'elle-même, a ouvert l'autre porte, qui donne sur le palier. La chambre de derrière est plus petite. C'est la chambre verte.

— Combien ?

— La grande chambre, trente francs par mois, y compris l'éclairage. Celle-ci, vingt-cinq francs…

— C'est trop cher.

C'est tout. Elle va s'en aller. Son visage n'exprime rien. Elle a des yeux admirables, noirs et brillants comme certains coléoptères, mais ils ne se posent sur rien, ils vivent sur eux-mêmes, en eux-mêmes, et n'ont rien à dire à cette femme qui sourit pour louer ses chambres.

— Écoutez, mademoiselle... J'ai une autre chambre, à l'entresol...

Elle se précipite. Il ne faut pas la laisser partir.

— C'est plus petit... C'est moins gai... Il n'y a qu'une fenêtre sur la cour, si bien que c'est un peu sombre...

D'autant plus que les murs peints à l'huile sont vert bouteille.

— Combien ?

— Vingt francs.

Pour la première fois, ce qui pourrait ressembler à un sentiment humain passe, comme une brise imperceptible, sur le visage de Frida Stavitskaïa. Un regret ? Même pas. Elle a fait halte, simplement. Elle a regardé la chambre comme si, l'espace d'un éclair, elle avait senti qu'il ferait peut-être bon y vivre.

Mais elle descend déjà l'escalier.

— Je ne peux donner que quinze francs.

— Écoutez, mademoiselle... Je vous ferai une différence... Vous êtes la première personne qui se présente et...

Henriette voudrait lui raconter tout, qu'elle a lutté longtemps contre Désiré, qu'elle a fait des frais, déployé une énergie farouche et que, maintenant que tout est terminé, maintenant que depuis deux jours l'écriteau est en place...

— Si je vous la laissais à dix-huit francs...

— Je ne peux donner que quinze francs.

— Soit.

Frida la regarde comme si elle ne soupçonnait pas le drame.

— Quand voulez-vous entrer ?

— Aujourd'hui.

— Il faut encore que je vous dise quelque chose. Ne m'en veuillez pas. C'est délicat. J'ai des enfants, des sœurs...

Cela vient enfin, tandis qu'Henriette rougit.

— Ce n'est pas « entrée libre ».

Frida ne bronche pas, mais ses yeux interrogent.

— Je veux dire que vous ne pouvez pas recevoir n'importe qui... Vous comprenez ?... Il ne serait pas convenable que vous receviez des hommes...

Henriette pourrait croire qu'elle parle à quelqu'un d'une autre planète. Frida ne s'indigne pas. Un peu plus de mépris peut-être, au coin de ses lèvres minces ?

— Bien ! Je paie.

Et, d'un réticule usé, elle tire les quinze francs.

— Entrez donc un instant. Vous prendrez bien une tasse de café ?

— Non.

— Il y en a sur le feu. Un instant et je...

— J'ai dit non. Voulez-vous me remettre la clé ?

Elle est partie. Désiré est rentré.

— J'ai loué.

Elle ne dit pas le prix.

— A qui ?

— Une jeune fille... Une Russe... Elle va venir...

On est à table, dans la cuisine à porte vitrée, quand la clé tourne dans la serrure. Henriette se précipite pour allumer le gaz dans la lanterne à vitraux de couleur.

— Donnez-moi votre valise, mademoiselle Frida...

— Merci.

Elle la porte elle-même. Ma mère n'ose pas la suivre. A peine dans sa chambre, Frida en tire le verrou.

On l'entend aller et venir au-dessus de nos têtes.

— Elle n'a sûrement pas dîné...

On écoute. Que peut-elle faire ? Où mange-t-elle ?

— Où vas-tu ? questionne Désiré.

Ma mère est montée. Un peu émue, elle frappe à la porte.

— Qu'est-ce que c'est ?

— C'est moi, mademoiselle Frida.

La porte ne s'ouvre pas. Silence.

— Je voulais savoir si vous n'avez besoin de rien. Le premier jour, je comprends...

— Non.

Ma mère ne sait comment dire bonsoir et on ne lui répond pas. Pour peu, elle pleurerait en descendant l'escalier. Mon père lève la tête de son journal.

— Alors ?

— Elle ne veut rien.

Mon père souffle avec résignation la fumée de sa pipe. Ma mère dessert la table et murmure pour elle seule :

— Je crois que j'aurais préféré n'avoir que des hommes.

13

*Fontenay-le-Comte,
le 29 mai 1941.*

D'autres viendront, de toutes les races, se greffer pour un temps plus ou moins long sur la vie de la maison, sur notre vie, mais Frida Stavitskaïa est la première, et ce soir-là, tandis qu'elle va et vient, invisible et mystérieuse, dans sa chambre de l'entresol, il semble que l'atmosphère soit plus lourde, que le bec Auer, dans son abat-jour à frange de perles, donne une lumière moins vive et que le corridor, au-delà de la porte vitrée de la cuisine, cache des embûches dans sa pénombre.

Désiré ne dit rien. Il lit son journal et fume sa pipe comme d'habitude. Il évite de lever la tête vers le plafond, mais peut-être a-t-il honte de s'être laissé manœuvrer, honte pour lui, pour nous, car c'est un peu de nous-mêmes, en somme, que mère vient de vendre pour quinze francs par mois à cette personne venue de Russie.

N'y a-t-il pas de la honte aussi qui se mêle à l'angoisse qu'Henriette cache soigneusement ?

— Il est temps de mettre les enfants au lit.

Ce soir encore, on nous déshabillera dans la cuisine, comme on nous y a toujours lavés le matin, comme on nous y donne notre bain le samedi, parce qu'il y fait plus chaud. Mais demain ? On nous passe, à mon frère et à moi, nos longues robes de chambre en pilou.

— Bonsoir, père.

— Bonsoir, fils.

Désiré, comme il l'a vu faire à son père, comme le vieux Chrétien Simenon l'a vu faire au sien, nous trace, du pouce, une petite croix sur le front.

— Ne faites pas de bruit dans l'escalier.

Nous passons devant la porte mystérieuse derrière laquelle quelqu'un remue. Nous gagnons notre mansarde où, toute la nuit, brûle une veilleuse qui ressemble aux lampes de tabernacle et dont la flamme met les mêmes ombres dansantes que dans le chœur des églises vides.

Nous dormons dans le même lit, Christian et moi. Nous nous serrons l'un contre l'autre comme deux poussins. Ma mère descend. Comme nos parents dorment au rez-de-chaussée, il y a désormais cette étrangère entre eux et nous.

A six heures du matin, Henriette est debout et on entend dans toute la maison le vacarme du charbon, puis du tisonnier dans le fourneau de la cuisinière.

Toujours, nous avons eu des poêles qui ne tiraient pas. Toujours, j'ai perçu, de mon lit, l'écho de ce combat livré chaque matin au poêle par ma mère, puis, peu après, une odeur caractéristique, inoubliable, celle du pétrole versé sur le feu qui s'obstine à ne pas prendre. C'est suivi d'une sorte de détonation, d'un appel d'air qui fait parfois jaillir une flamme par l'ouverture du cendrier, et je sais que des femmes ont été brûlées vives parce qu'elles versaient du pétrole sur le feu. Je me souviens du *Petit Journal illustré*, aperçu aux kiosques, avec ses images violemment coloriées : *Une mère de famille transformée en torche vivante…*

Mais je m'assoupis, et bientôt c'est une autre odeur familière qui m'atteint dans ma mansarde, celle du café – après le bruit du moulin – enfin celle du lard qui grésille et sur lequel, au moment où nous descendons, Henriette cassera les œufs.

Est-ce que l'étrangère est levée ? Est-ce qu'elle déjeune, elle aussi ? On tend l'oreille, malgré soi, et on évite de parler à voix haute. On entend comme un trottinement de souris, puis soudain une porte qui s'ouvre et se referme avec fracas.

Nous ne sommes pas habitués aux portes que l'on referme de la sorte.

Elle descend. Peut-être va-t-elle pénétrer chez nous ? Déjà Henriette s'efforce de sourire et s'avance vers la porte vitrée après s'être assurée d'un coup d'œil qu'il n'y a pas de désordre dans la cuisine.

Mais on n'aperçoit qu'un dos, un chapeau noir. La porte de la rue claque à son tour.

On m'habille en hâte. Désiré prend sa canne. Je mets ma main dans la sienne pour que, en se rendant à son bureau, il me conduise à l'école où sœur Adonie, derrière la porte entrouverte, recueille les uns après les autres les trente ou quarante marmots qu'on lui amène.

Est-ce qu'Henriette avait espéré que la locataire, parce qu'elle est femme, ferait sa chambre elle-même ? Elle ouvre la porte et quelque chose la frappe, une chose à laquelle elle n'avait pas pensé et qui l'humilie, la décourage : l'odeur, l'odeur d'une autre femme qui a dormi dans ce lit défait, s'est lavée dans cette cuvette pleine d'eau savonneuse et a laissé des cheveux noirs roulés en petites boules sur le marbre du lavabo.

Henriette ouvre la fenêtre et, comme il n'y a personne

pour la voir, elle n'a pas besoin de sourire tandis qu'elle défait le lit et vide le seau de toilette.

Sur la table, quelques livres. Ce sont des livres de médecine. Le peigne a des dents cassées et la brosse à dents est rose d'une pâte dentifrice inconnue. Henriette ouvre l'armoire et ne trouve qu'une chemise sale, sans broderies, sans dentelles, une paire de bas troués, des pantoufles fatiguées.

Dans le cadre de la glace, on a glissé une photographie qui représente, sur le seuil d'une étrange maison de bois, une femme très grosse, sans doute la mère de Frida, une autre jeune fille curieusement figée et notre locataire à l'âge de quinze ou seize ans.

Toutes les cinq minutes, Henriette descend en courant pour s'assurer que Christian se tient tranquille dans sa chaise et que le dîner ne brûle pas sur le feu.

Le marchand de charbon passe, puis le marchand de légumes, la marchande de lait, et, chaque fois, on aperçoit des ménagères qu'on ne connaît pas encore sur les seuils de la rue.

— Alors, comme ça, vous avez une locataire ?

C'est Mme Pieters, la voisine. Elle a cinq garçons, dont l'aîné a trente-cinq ans, le plus jeune dix-sept ; tous vivent encore dans la maison ; tous restent célibataires.

— Mon Dieu, oui, madame Pieters. Il faut bien gagner quelque chose, n'est-ce pas ?

On sent confusément la réprobation et comme l'inquiétude de la voisine. Leur maison est à eux. Ils l'ont fait construire à leur mesure, et presque toutes celles de la rue de la Loi sont habitées par leur propriétaire.

Si on ne se fréquente pas, on se connaît les unes les autres et on se retrouve, comme en famille, ou mieux, comme dans un village, autour de la charrette du marchand de légumes.

Des étrangers, il y en avait certes dans le quartier, mais il n'y en avait pas encore dans la rue.

Voilà pourquoi les femmes se penchent sur leur seuil et jettent un coup d'œil au 53 et à cette blonde Mme Simenon qui a deux enfants et qui cherche des locataires.

Henriette a trouvé le temps, ce matin-là, entre ses chambres, son dîner et Christian, qui est heureusement un gros garçon rêveur et placide, de courir rue Puits-en-Sock acheter des fleurs. Elle a choisi son plus beau vase, une flûte en faux cristal irisé, et l'a placé sur la table de Frida.

Celle-ci, en rentrant, vers onze heures et demie, ne viendra-t-elle pas dire bonjour dans la cuisine ? Tout au moins, du corridor, adressera-t-elle un petit salut en direction de la porte vitrée ?

Non ! Elle passe, comme dans une rue où elle ne connaîtrait personne. Sait-elle seulement que ma mère a des enfants ? Peu lui importe. Elle monte. Elle tient, outre ses cours, un petit paquet blanc à la main.

Donc, elle mange chez elle. Et, comme il n'y a pas de réchaud dans la chambre, comme on est en été et que le poêle n'est pas allumé, elle mange froid.

Père n'est pas là. S'il y était, Henriette n'oserait pas faire ce qu'elle va risquer. Elle remplit un bol de soupe, s'assure que nous sommes tranquilles, mon frère et moi, et monte.

Devant la porte de l'entresol, elle marque un temps d'arrêt, et sans doute a-t-elle la tentation de rebrousser chemin ? Son vase est là, par terre, avec les fleurs. Il y a aussi un portrait de Valérie qu'elle avait accroché dans la chambre, à cause du cadre doré.

— Qu'est-ce que c'est ?

— Ouvrez un instant, mademoiselle Frida.

Le verrou est encore tiré. Pourquoi s'enfermer de la sorte, comme si la maison n'était pas sûre ?

La porte s'entrouvre. Ma mère aperçoit sur la table, parmi les livres de médecine, un morceau de pain et un œuf dur entamés.

— Excusez-moi, mademoiselle Frida... J'ai pensé... Je me suis permis...

Les yeux noirs se fixent avec sévérité sur le bol de soupe fumant.

— Qu'est-ce que c'est ?

— Je me suis dit qu'un peu de soupe chaude...

— Est-ce que je vous ai demandé quelque chose ?

— A votre âge, surtout quand on étudie, on a besoin...

Frida a un visage émacié d'ascète.

— Je sais mieux que n'importe qui de quoi j'ai besoin.

— Je m'étais permis, pour égayer votre chambre, d'y mettre quelques fleurs.

— J'ai horreur des fleurs. Quant au portrait, je déteste avoir sous les yeux l'image de gens que je ne connais pas.

— Je vous demande pardon. C'est une amie...

— Ce n'est pas la mienne. Tenez ! Je voudrais que vous enleviez aussi ces petites choses inutiles.

Il s'agit des napperons et des bibelots qu'Henriette, comme elle l'a toujours vu faire, s'obstine à poser un peu partout pour faire plus gai et plus « meublé ».

— Vous ne prenez pas vos repas dans une pension de famille ?

— Je prends mes repas où ça me plaît.

Elle n'a pas honte de son morceau de pain et de son œuf dur.

180

— Tout au moins me laisserez-vous vous monter une tasse de café ?

— Je n'ai pas besoin de café.

Henriette se dit pour se consoler : « Elle est trop fière. Les Russes sont un peu sauvages. »

Elle sourit, s'efface, descend et pense à la photographie glissée dans le cadre de la glace.

Pour elle, jusque-là, un étudiant, et, à plus forte raison, une étudiante, c'était quelqu'un dont les parents ont de l'argent. Du moment qu'on paie des études à ses enfants...

Il en est ainsi en Belgique. Comment aurait-elle soupçonné que là-bas, en Russie...

La mère de Frida – la grosse dame du portrait – est une personne vulgaire, une femme de la campagne. Quant à habiter une maison de bois...

A deux heures, la clé tourne dans la serrure. C'est Désiré, et Henriette, apercevant les fleurs sur la table, se hâte de les jeter dans le feu. Comment expliquer leur présence ? On n'achète pas de fleurs pour nous. Elle ne veut pas avouer que cette locataire à quinze francs...

C'est angoissant. Cela dépasse en ampleur tous les problèmes qu'elle s'est posés jusque-là et elle ne peut en parler à personne, surtout pas à Désiré, qui défend si âprement sa vie contre tout ce qui pourrait la troubler.

Cette Frida... C'est une jeune fille... On dirait qu'elle le fait exprès de s'enlaidir... Un simple col blanc à sa robe la rendrait déjà plus avenante... De toutes les coiffures, elle a choisi la plus sévère, la moins seyante... Elle ne sourit pas... Elle n'est pas aimable... Elle n'aime pas les fleurs... Elle dit crûment, presque méchamment, ce qu'elle pense, alors qu'il est si facile de faire plaisir aux gens...

Elle ne mange pas au restaurant... Elle dîne d'un œuf dur... Elle boit de l'eau du robinet... Pourtant, un jour, elle sera médecin...

Henriette ne pressent pas encore toute la vérité. Longtemps, elle ignorera que Frida reçoit en tout et pour tout un mandat de cinquante francs par mois et qu'avec ces cinquante francs elle doit se loger, s'habiller, se nourrir et en outre acheter ou louer ses cours et payer les inscriptions à l'Université.

Un locataire, pour Henriette, c'était, par définition, quelqu'un de plus riche qu'elle.

Mais alors... S'il en est ainsi... Si tous les locataires se ressemblent... Ses calculs...

Sa foi dans l'avenir vacille. Elle ne peut s'appuyer sur personne. Désiré lui répondrait : « Qu'est-ce que je t'avais dit ? » Ou encore : « C'est toi qui l'as voulu ! »

Ce n'est pas vrai ! Ce qu'elle voulait, c'était monter un petit commerce, n'importe lequel, gagner de l'argent pour échapper à cette hantise du strict nécessaire, pour écarter le cauchemar de ce qui adviendrait d'elle et de nous s'il « arrivait quelque chose ».

En voyant passer les étudiants du quartier, elle a cru...

Et toute cette maison qu'elle a grattée, nettoyée, raclée, remise à neuf, cette maison qu'elle a meublée, ornée de rideaux, de cuivres, d'abat-jour de couleur et de napperons ?

Quand on n'a pas d'argent à leur donner, est-ce qu'on fait étudier ses enfants ?

Comment imaginerait-elle qu'il y a, à l'est de l'Europe, des millions d'hommes et de femmes qui croient dur comme fer qu'instruction signifie délivrance ?

Pourquoi comprendrait-elle que, pour certaines races, la douleur peut être une volupté et que, par jeu, par besoin, on puisse faire mal aux autres et se faire mal à soi-même ?

Elle ignore que le père de Frida est en Sibérie. Elle aurait un pauvre regard incrédule de ses yeux clairs si on lui disait que Frida appartient à un groupement de nihilistes et qu'un jour, dans une Russie nouvelle, elle sera commissaire du peuple.

« Ce n'est pas possible, voyons ! » dirait-elle en penchant la tête.

Nihiliste ? Quelque chose comme anarchiste ! Comme le jeune homme de la rue Sainte-Foi qui a placé une machine infernale sous le lit de son père et de sa mère. Des gens bien, que tante Anna connaît. On ne se serait jamais douté…

Deux jours, trois jours passent, et Désiré n'a pas encore vu la locataire en face. Elle rentre. Elle sort. Jamais un coup d'œil ni un salut en direction de la cuisine.

Puis soudain, un matin, elle ne se lève pas. Henriette attend d'être seule à la maison avec Christian, prisonnier dans sa chaise.

— Mademoiselle Frida !…

— …

— Mademoiselle Frida !… C'est moi… Je suis inquiète… Si vous avez besoin de quelque chose…

— Allez-vous-en !

— Mademoiselle Frida !…

Toujours ce verrou !

— Vous êtes malade ?

— Allez-vous-en !

Toute la journée on entendra ses soupirs et ses gémissements.

— Écoute, Désiré… Je me demande…

Il écoute, hausse les épaules et mange.

— Qu'est-ce que tu veux que j'y fasse ?

— S'il lui arrivait malheur ?

— Je ne peux pourtant pas défoncer sa porte !

Frida n'est pas sortie de la journée. Il ne doit rien y avoir à manger dans sa chambre. Parfois on entend gémir les ressorts du lit.

— Mademoiselle Frida !… C'est moi…

Une nuit, une journée encore. Alors, sans rien dire à Désiré, Henriette, mon frère sur le bras, va place Delcour prendre place dans la salle d'attente du docteur Matray.

— Qu'est-ce qu'il a, ce petit bonhomme ?

Car c'est le docteur Matray qui a accouché ma mère la seconde fois.

— Ce n'est pas lui, docteur. Il faut que je vous explique. J'ai une locataire, une jeune fille russe, qui est étudiante en médecine et qui…

Elle explique, explique. Le docteur, qui a commencé par froncer les sourcils, finit par sourire.

— Eh bien ! madame Simenon, je crois que vous n'avez pas à vous inquiéter. Votre locataire est tout simplement une…

Un mot qu'Henriette ne prononcera jamais qu'à voix basse, en rougissant.

— Une hystérique.

— Ainsi, vous croyez que…

— Vous verrez que, dans un jour ou deux, la crise sera passée et que, périodiquement, ça lui reprendra.

Le quatrième jour, en effet, Frida Stavitskaïa, les yeux cernés de noir dans un visage blême, les lèvres comme saignantes, est sortie de sa chambre.

Elle est allée à son cours comme si rien ne s'était passé. Elle est revenue avec un petit paquet de charcuterie.

184

Et désormais, périodiquement…

Mon père et ma mère se regardent. On épiait les bruits de l'entresol.

— Mon Dieu ! Dire que, pour notre première locataire, nous tombons sur…

Sur une…

Le fameux mot qu'on n'a jamais prononcé devant moi.

Pauvre Frida Stavitskaïa !

Pauvre, pauvre maman ! avec ses meubles, tous ses poêles rachetés d'occasion, ses chromos, ses cache-pot en cuivre, ses napperons et ses abat-jour de couleur !

Heureusement que M. Saft est arrivé, qui a occupé la chambre verte, puis Mlle Pauline Feinstein, de Varsovie, qui a loué la chambre rose.

Mais Mlle Feinstein est sale et il traîne des cheveux partout dans sa chambre.

Elle répond lorsqu'on lui adresse timidement une observation :

— Je paie !

14

Du fond de la cuisine vitrée où, quand on ouvre le four, grésille le rôti qu'on arrose, une voix de femme a crié :

— Laisse la porte contre...

Et un petit garçon en costume marin, culottes courtes, mollets nus, les mains dans les poches, le chapeau de paille à larges bords en arrière comme une auréole, un petit garçon regarde des deux côtés la rue vide et fronce le sourcil à la façon d'un homme.

Mère a assisté à la messe de six heures parce que le dimanche il faut que les chambres soient terminées plus tôt. Le gamin, seul, est allé à celle de huit ; les cloches sonnent le premier coup à huit heures moins le quart et le second coup à huit heures cinq.

D'ailleurs, le dimanche, il y a toujours des cloches, surtout qu'outre celles de Saint-Nicolas on entend celles de Saint-Pholien et même les cloches plus grêles de la chapelle de l'hôpital.

Maintenant, on se trouve devant un vide merveilleux qu'on peut remplir de ce qu'on veut. Les trams qui passent rue Jean-d'Outremeuse ne font pas le bruit des autres jours. La cour de l'école des Frères est déserte, et fermée la grande porte verte. Dix, quinze hommes sans cravate, le bouton de col sur la pomme d'Adam, attendent chez le coiffeur du coin.

Le petit bonhomme plein de gravité et d'importance s'en va à pas comptés, passe d'une tache d'ombre à une tache de soleil, dépensant au compte-gouttes les minutes merveilleuses du dimanche matin.

En face de l'école gardienne, il y a une boutique de bonbons, une vitrine étroite, des bonbons et des chocolats multicolores qui suffisent pour les jours de semaine mais pas pour le dimanche.

Au coin de la rue Puits-en-Sock, la voiture du marchand de crème glacée stationne, jaune canari, avec son dais sculpté comme un dais de procession et des panneaux peints qui représentent la baie de Naples d'un côté, l'éruption du Vésuve de l'autre.

Une bouffée de sucré en passant devant chez Quintin, le pâtissier. La Vierge-Noire, avec ses comptoirs multiples et sa bonne odeur de café qu'on grille toute la journée à la devanture, est ouverte. Tout est ouvert. C'est pourquoi Désiré n'a pas voulu que sa femme fasse du commerce. Tard le soir, en ce temps-là, on voit encore, dans les rues les plus désertes des faubourgs, la lumière jaunâtre de quelque vitrine.

L'enfant se promène comme un petit vieux qui prend l'air chaque jour à la même heure en s'arrêtant aux mêmes endroits. Il connaît déjà tout le monde dans le quartier, et les gens le saluent pour le plaisir de le voir répondre avec gravité.

Voilà l'énorme haut-de-forme rouge à ganse dorée qui sert d'enseigne au grand-père Simenon. Il ne faut pas entrer par le magasin. C'est défendu. On doit suivre le corridor blanchi à la chaux où l'on renifle l'odeur d'eau croupie de la cour.

Dans la cuisine vitrée, c'est du bœuf à la mode qui mijote. Grand-mère Simenon était, paraît-il, la seule à savoir préparer le bœuf à la mode. Elle est morte, et Céline, sa fille, a hérité de sa recette et de son tour de main.

Vieux Papa est mort, lui aussi, son fauteuil vide. Le gamin ne savait pas qu'il était malade. Pourtant, un soir, vers dix heures, alors qu'il dormait, il a vu comme une lueur qui traversait sa chambre du plancher au plafond.

A-t-il vraiment parlé ? En tout cas, il a cru dire, sans savoir pourquoi : « C'est Vieux Papa... »

Or, c'est ce soir-là, à dix heures, que Vieux Papa est mort.

— Bonjour, tante.

— Bonjour, Georges.

Céline a vingt ans. C'est donc une grande personne. Cependant l'enfant s'assied et reste là le temps normal d'une visite. Quand il aura quinze ans, que Céline sera condamnée et passera ses journées, les jambes enflées, les pieds dans un baquet, c'est encore lui qui viendra chaque jour s'asseoir près d'elle pendant une heure ou deux.

Maintenant, Céline, affairée devant son fourneau, le libère en disant :

— Grand-père est dans le magasin.

Il le sait. Il s'y rend, entre par la porte du corridor, par l'arrière-boutique toujours sombre où sont rangées des têtes de bois. Grand-père Simenon, un fer à la main, met sur forme un chapeau mouillé qui dégage de la vapeur.

— Bonjour, grand-père.

C'est moins long. Le vieux Simenon tire une pièce d'un sou de sa poche. Elles sont préparées. Il y en a une pour chacun de ses petits-enfants, et tous viendront la chercher ce matin. Ses joues sont râpeuses. Les poils deviennent blancs. Les lèvres sentent le petit verre qu'il a bu tout à l'heure avec son ami Krantz.

Il reste maintenant à choisir. Le gamin a reçu cinq centimes de son grand-père.

Or, la maison d'à côté, c'est la maison Loumeau qui, avec ses deux vitrines immenses et son magasin comme sans fond, les trois jeunes filles Loumeau et les deux vendeuses derrière les comptoirs, est sans doute la plus grande confiserie de la ville.

Des chocolats enveloppés de papier d'étain, on en a trop peu pour deux sous. Les bâtons acidulés qu'on lèche pendant des heures, verts ou rouges, sont trop vulgaires pour le dimanche. Une glace du marchand du coin, en la ménageant, ne dure que quelques minutes.

Autour de lui la vie coule, paisible, les trams passent plus rarement qu'en semaine et les demoiselles Loumeau ont des corsages blancs brodés, les cheveux fraîchement ondulés, peut-être un peu de poudre blanche sur les joues, comme le sucre sur leurs bonbons.

— Donnez-moi pour dix centimes de ceux-ci.

Midi est encore loin. Désiré, depuis quelques semaines, a pris l'habitude d'aller à la messe de onze heures et demie à Saint-Pholien, à cause du prédicateur. En outre, comme il connaît le chantre, on le laisse monter au jubé, d'où il domine la foule.

Quand on est petit, les rues paraissent plus longues, les maisons plus hautes. Les jours, eux aussi, sont plus longs, surtout les dimanches. Le gamin a le temps de se gaver d'images, de sons, et il en est comme ivre quand, toujours grave, il se retrouve dans le calme ensoleillé de la rue de la Loi et pousse la porte qui est contre.

Il n'entre pas. Il crie, tourné vers le clair-obscur de la cuisine entrouverte :

— On mange ?

Et, comme on ne mange pas encore, il erre un petit peu, suçant ses bonbons, qu'il tire un à un de sa poche.

Le grand Désiré paraît au coin de la rue. Henriette pose les assiettes et les couverts sur la table.

Il y a du bouillon, du rôti à la compote de pommes et des frites. C'est le menu du dimanche. La maison semble plus vide, comme les rues. Les locataires sont partis pour la campagne. Les portes, les fenêtres restent ouvertes. On passe d'une tache de soleil à une tache d'ombre, d'une bouffée chaude à une bouffée plus fraîche, et tout à l'heure, dans quelques minutes, la dispute va éclater.

N'est-ce pas curieux qu'on puisse la prévoir, qu'on la sache fatale, inutile, absurde, et que cependant on ne soit pas capable de l'éviter ?

Henriette a rangé la vaisselle.

— Occupe-toi d'habiller Christian, tiens, toi qui ne fais rien.

Les portes s'ouvrent et se referment, celles des armoires et celles des chambres. Le corsage de liberty bleu s'agrafe par-derrière.

— Attache-moi mon corsage.

L'incident va survenir, il survient, idiot en apparence. Est-ce Christian qui, une fois prêt, fera pipi dans ses bons vêtements ? Est-ce moi qui ai sali mon costume des dimanches ? Ou Désiré qui murmure : « Il est deux heures, Henriette ! Nous ne partirons jamais. »

Elle se bat avec sa chevelure, des épingles à cheveux entre les lèvres. Elle est en jupon de dessous couleur saumon. Depuis le matin, depuis qu'elle s'est levée pour aller à la messe de six heures, elle se presse, s'affole, sachant que malgré tout la scène est inévitable.

— Si tu crois que j'ai dix mains !… Recharge plutôt le poêle.

Crac ! un lacet qu'elle casse, ou un bouton qui saute.

— Alors, Henriette ?

Elle arrache son corsage et des larmes jaillissent de ses yeux.

— Sors sans moi… Va !… Puisque c'est comme ça…

Mère a ses migraines. Tous les dimanches elle a sa migraine. Et les rues ensoleillées, engluées de paix dominicale, nous attendent.

— Bon ! Voilà Georges qui joue avec l'encrier…

On pleure. On se fâche. L'aiguille du réveil tourne. Henriette se déshabille, se rhabille.

— On prend la voiture ?

Il s'agit de mon frère.

— Mais non ! je le porterai.

— Tu dis cela, puis, comme dimanche dernier, tu forceras le pauvre petit à marcher. Ou bien tu voudras prendre le tram et cela nous coûtera trente centimes.

Dix centimes par personne, mon frère ne payant pas. Quelquefois on parvient à tricher en prétendant que je n'ai pas cinq ans.

Ma mère se tamponne les yeux et, avant de sortir, essaie son sourire devant la glace, un sourire effacé, malheureux et résigné, digne quand même, qui s'harmonise avec sa silhouette endimanchée. Mon père allume une cigarette et penche son grand corps pour me tenir par la main.

Mes oreilles bourdonnent. Je marche dans une glu lumineuse et chaude qui m'engourdit et je garde en bouche le goût du rosbif et des pommes frites.

Nous passons devant notre ancienne maison, rue Pasteur. Puis, place du Congrès, rue de la Province, le pont Maghin qui enjambe la Meuse.

Pour moi, le quai Saint-Léonard, dont on ne voit pas la fin, c'est déjà l'étranger et je regarde les gens et les choses avec un plaisir un peu angoissé.

Ces grosses maisons ont presque toutes des plaques de cuivre, parfois plusieurs sur la même porte : *Armateurs… Assurances fluviales et maritimes… Transports en tous genres… Affréteurs…*

Des ateliers aussi, aux vastes portes de fer qui sont fermées le dimanche.

Le tram passe, que nous ne prenons jamais à l'aller, rarement au retour, à cause des dix centimes.

Est-ce que mes parents sont heureux ? Cela devrait être leur jour de bonheur, en vue duquel ils travaillent toute la semaine. Ils sont ensemble. Ils sont avec nous. Ils marchent et ne parlent guère.

Désiré sourit vaguement aux gens et aux choses. Henriette, qui n'oublie pas le pipi que mon frère doit faire à mi-chemin, pense à ce qu'elle dira à sa sœur, à moins qu'elle ne songe à ses locataires et aux moyens de…

— Surtout, je t'en prie, dit Désiré, ne leur parle pas encore de strict nécessaire…

— Je ne peux pourtant pas dire à Anna que nous avons trop d'argent !

— N'en parle pas.

— C'est ma sœur.

— Ce n'est pas la mienne.

— Écoute, si c'est pour recommencer à nous disputer…

Attention ! quelqu'un passe, que nous connaissons vaguement, et ma mère sourit, incline gentiment la tête.

Voici parcourue la partie la plus désagréable du quai, celle que n'ombrage aucun arbre et le long de laquelle la Meuse coule, large et brillante.

Un autre quai commence, avec lui le canal, le port où cent, deux cents péniches, peut-être davantage, reposent flanc contre flanc, parfois sur dix rangs, avec du linge qui sèche, des enfants qui jouent, des chiens qui sommeillent, une vivifiante odeur de goudron et de résine.

De l'autre côté de l'eau, entre le canal et le fleuve, au milieu d'un parc touffu, le tir communal dresse ses murs de briques rouges sous les ombrages et on entend de minute en minute la détonation sèche des mausers.

— Je ne suis pas décoiffée ?

— Mais non.

— Tu ne m'as pas regardée.

— Comme si ta sœur allait s'occuper de tes cheveux !

Voilà la vitrine, vieillotte, encombrée de marchandises, de l'amidon, des bougies, des paquets de chicorée, des bouteilles de vinaigre. Voici la porte vitrée et ses réclames transparentes : le lion blanc de l'amidon Rémy, le zèbre d'une pâle à fourneaux, l'autre lion, le noir, d'une marque de cirage.

Et le timbre de la porte, auquel aucun timbre ne ressemble.

Enfin, l'unique, la merveilleuse odeur qui règne chez tante Anna.

Il n'y a pas que l'odeur, dans cette maison, qui soit incomparable. Tout est exceptionnel. Tout est rare. C'est un monde à nul autre pareil, qu'il a sans doute fallu des lustres à façonner.

Le tram ne va pas plus loin, s'arrête à vingt mètres, là où la ville s'arrête, où le quai finit parmi les péniches et ne se prolonge que par un chemin de halage où broutent des chèvres blanches.

— Ne te dérange pas, Anna.

Ma mère nous pousse vers la porte vitrée et tendue de rideaux de la cuisine. En même temps, elle me pince légèrement le bras pour me rappeler que je ne suis pas chez moi et que je dois être convenable.

Est-ce le genièvre qui domine ? Est-ce l'épicerie, plus fade ? Car on vend de tout, il y a de tout dans le magasin, des tonneaux suintants de pétrole américain, des cordages, des lanternes d'écurie, des fouets et du goudron pour les bateaux. Il y a des bocaux de mauvais bonbons qu'on me défend de manger et des tiroirs vitrés bourrés de bâtons de cannelle et de clous de girofle.

Le bout du comptoir est recouvert de zinc, des trous ronds y sont aménagés et de ces trous émergent des bouteilles terminées par des becs recourbés, en étain.

Les charretiers, en passant, sans arrêter leurs chevaux, viennent boire, d'un trait, un petit verre de genièvre. Des femmes de mariniers, faisant leur marché, en boivent, elles aussi, avec un coup d'œil inquiet à travers la vitrine.

La cuisine n'est pas éclairée comme ailleurs par une fenêtre mais par un lanterneau, et un système compliqué de poulies commande l'ouverture des vitres.

— Bonjour, Anna ! Figure-toi qu'au moment de partir Christian a mouillé ses vêtements et qu'il a fallu le changer.

Tante Anna penche la tête en signe de commisération. Toutes les sœurs Brüll ont ce même tic, ce sourire plein de résignation. Mais Anna, en plus, murmure avec componction une sorte d'invocation :

— Jésus-Maria !

Eh oui !... Jésus, Maria, vous êtes témoins que je suis bonne, que je suis vertueuse, que je fais mon possible dans cette vallée de larmes. Vous savez que, s'il ne reste qu'une seule juste, je serai celle-là ! Vous lisez dans mon

cœur. Il est pur. Il n'aspire qu'au salut éternel et, en attendant, je suis sur terre votre humble servante à qui vous
ordonnez de ne pas en vouloir aux méchants...

Anna est l'aînée des filles Brüll, comme Léopold est
l'aîné des garçons. Comme Léopold aussi, elle sait beaucoup de choses que les autres ignorent.

— Bonjour, Désiré. Assieds-toi. Une tasse de café ?

C'est Henriette qui s'empresse de répondre :

— Merci, Anna. Tu es bien gentille. Nous venons de
le prendre.

— Désiré en boira peut-être une tasse ?

— Je t'assure, Anna. Attention de ne pas bousculer ton
oncle, Georges...

Car mon oncle Lunel est là, dans son fauteuil d'osier. Il
dort, protégé contre les bruits du monde par sa surdité.

Il ressemble, avec sa belle barbe d'un blanc imma-
culé, à un patriarche de vitrail, et tout à l'heure, quand il
s'éveillera, quand il nous sourira, d'un sourire si bon, si
indulgent, on pourra le prendre pour un saint.

Toute la maison respire la bonté et la charité chré-
tienne. Tout est calme et vertu. Des notes de piano s'égrè-
nent, venues du salon. Une voix de jeune fille, comme
une voix d'ange, entonne une douce romance.

Le timbre résonne. Ma tante pénètre dans la boutique,
dont elle referme la porte. Elle ne se précipite pas. Elle
reste digne, le ventre un peu en avant, car elle a près de
cinquante ans. Il y a là un homme du peuple qui tient un
fouet à la main, et, à travers les rideaux, je vois ma tante
qui remplit, à l'aide du bec d'étain d'une des bouteilles,
un tout petit verre de genièvre.

Elle doit connaître son client, car elle attend, la bouteille à la main, et, quand il a jeté, d'un geste familier, le
liquide incolore au fond de sa gorge, elle verse à nouveau.

Puis elle ouvre le tiroir et on entend un cliquetis de monnaie. Le timbre, à nouveau. Ma tante Anna revient.

— Alors, Henriette, tes locataires ?

Ma mère répond en flamand sur un ton de lamentation. C'est une manie des filles Brüll de parler flamand quand elles sont ensemble. Les hommes ne comptent pas. Lunel est sourd. Désiré ne comprend pas et fume sa cigarette en silence.

Le piano s'est tu. Ma cousine Lina s'avance et distribue des baisers à la ronde. Elle a les traits épais, le corps épais, mais sa chevelure est virginale et sa robe simple, d'un gris uni comme la robe des anges qu'on voit sur les murs des chapelles.

L'autre fille, Elvire, mince, frêle et blonde, les traits pointus, la bouche fine, étudie dans sa chambre, car elle va passer ses examens de régente.

Moi, j'attends de pouvoir quitter ma chaise. J'attends que mon oncle s'éveille. Mon père n'attend rien. Il taquine Lina au corsage gonflé de sève, tandis que les deux sœurs parlent toujours en flamand.

Ce n'est pas une maison comme une autre, mais deux, mais dix maisons, et ceux qui entrent dans la boutique n'en connaissent que le visage le plus banal.

La cuisine, déjà, avec son lanterneau au-dessus de la table, laissant tomber le jour comme une suspension, est lourde de vie familiale, et jamais je n'y ai vu un objet qui ne fût strictement à sa place.

En façade, à côté de la vitrine, il y a une grille, un jardinet, des plantes grasses et une maison bourgeoise, une porte de chêne plein, le salon où tout à l'heure Lina jouait du piano.

Tout cela se relie à l'intérieur par des corridors compliqués qui sentent l'encaustique et, au bout d'un de ces corridors enfin, une porte s'ouvre sur l'atelier du vieux Lunel et de l'Ouvrier.

Le sol y est en briques rouges qui changent la qualité de la lumière. Une porte est ouverte sur un jardin vert. Tout au fond de l'atelier, à l'abri des rayons obliques du soleil, les deux hommes portent des vêtements de toile bleue.

Ils sont assis très bas, presque par terre, les genoux écartés. L'Ouvrier est presque un nain. C'est un bossu à la bouche immense et aux yeux ardents.

Tous deux, mon oncle à barbe de patriarche et le bossu, tressent l'osier à longueur de journée et fabriquent des paniers.

L'osier sent bon. Son odeur règne seule sur une portion de la maison, puis se mêle à l'odeur d'encaustique, atteint la cuisine aux autres parfums et apporte enfin sa note particulière dans les relents compliqués de la boutique.

Le vieux Lunel était veuf et avait cinquante ans quand il a épousé Anna. La maison avait déjà son même visage. Elle est venue, calme et la tête penchée avec humilité.

Sans doute Lunel s'était-il dit avec l'Évangile qu'il n'est pas bon que l'homme soit seul ?

Pourtant le voilà seul dans sa maison, seul dans son atelier, seul avec le bossu, seul dans la cuisine où il dort ou feint de dormir, où du matin au soir il sourit dans sa barbe. Le sourire de tante Anna est le sourire terrible du juste, qui se sait juste, de la charité consciente, de la bonté qui se connaît et s'admire.

Mais le sourire du vieux Lunel ? N'est-ce pas celui de l'homme qui a préféré s'enfuir et qui se blottit dans l'abri confortable de sa surdité ?

Il ne nous embrasse pas. Il a, quand nous nous approchons de lui, neveux ou nièces, un geste doux mais ferme pour nous écarter. Et, si nous entrons dans son atelier, vite il nous donne un osier bien blanc pour que nous allions jouer ailleurs.

— Jésus-Maria ! soupire ma tante avec un coup d'œil à Désiré.

Qu'est-ce qu'Henriette a pu lui raconter ? Encore le « strict nécessaire » ?

On prépare le café. Lina va acheter des tartes.

— Non, Anna... Je tiens à payer notre part...

Henriette fouille dans son porte-monnaie.

— Sinon, je n'oserai plus venir...

Une nappe à carreaux rouges. Des coups de feu qui vous secouent le diaphragme, au tir communal d'en face. Les cloches des vêpres. Cousine Elvire qui nous embrasse en souriant du sourire Brüll et qui se rend à l'église. Désiré qui croise et décroise ses longues jambes.

Le goûter fini, on installera des chaises sur le trottoir, devant la maison.

— Si tu nous jouais quelque chose, Lina ? J'aime tant la musique ! minaude Henriette.

On ouvre la fenêtre du salon, pour entendre Lina jouer et chanter le *Temps des cerises*.

Le dimanche coule. Les reflets s'étirent sur le canal. Un ivrogne passe. Tante Anna soupire. Puis elle parle de son fils Émile, étudiant en médecine, qui est sorti avec des amis. Elle soupire encore.

— Je prie tous les jours pour qu'il reste vertueux ! dit-elle en flamand. Tu verras, quand tes fils seront plus grands...

Ma mère me regarde. Les ombres deviennent plus sombres dans les creux du feuillage. Les coups de feu s'espacent. Des gens, les bras chargés de fleurs des

198

champs, attendent le tram qui vient de la ville, s'arrête, et dont on change le trolley de côté.

Est-ce que nous prendrons le tram ? Est-ce que, un goût de poussière à la bouche, nous ferons tout le quai à pied, puis le pont Maghin, la rue de la Province, la place du Congrès ?

Mon frère vient à nouveau de mouiller ses vêtements et Henriette s'affole.

— Mon Dieu, Anna... Je te donne du mal... Il va falloir le sécher...

A l'intérieur, on est obligé d'allumer le gaz.

15

Fontenay-le-Comte,
le 9 juin 1941.

Ce n'est plus le jour. Ce n'est pas encore la nuit. L'univers est d'un gris si implacable qu'il semble définitif, qu'on peut croire que cette heure-là n'est pas une transition mais qu'elle sera éternelle, qu'il n'y aura plus désormais de soleil ni de lune, rien que cette sorte de vide incolore dans lequel flottent des choses et des êtres qui ont perdu leur consistance.

Les couleurs sont plus crues, les lignes plus nettes, les angles plus vifs. Le toit d'ardoises de l'école des Frères coupe comme un couteau et a des reflets d'acier. La porte cochère verte est un abîme. Et les pavés de grès de la rue et des trottoirs sont des millions qu'on pourrait compter, aussi loin qu'on regarde, tant de fines lignes noires les dessinent comme à l'encre de Chine.

Le tram jaune et rouge, qui passe toutes les cinq minutes rue Jean-d'Outremeuse, a allumé sa grosse lanterne jaune. L'allumeur de réverbères paraît, avec sa longue perche, déclenchant le « plouff » de chaque bec de gaz, faisant naître dans la lanterne une lumière pâle et malsaine.

Trois, quatre frères des écoles chrétiennes ont ouvert la petite porte aménagée au milieu de la porte cochère.

Ils doivent, l'un après l'autre, se courber, s'amenuiser. Puis, sur le trottoir, ils se gonflent comme des oiseaux, leur large cape noire s'étale, leur chapeau à bord relevé sur les côtés a des ailes.

Les gamins de la rue les appellent des corbeaux, font « couac, couac » sur leur passage, et, dans cet univers impalpable, dans ce vide où flotte un monde inconsistant comme des nuages d'automne, ce sont quatre corbeaux qui s'éloignent en rang sur le trottoir tandis qu'un coup de vent soulève soudain, en les faisant claquer, les quatre capes noires.

Les quatre petits frères ne se sont pas envolés. Ils ont été happés par la rue Jean-d'Outremeuse. L'allumeur de becs de gaz a atteint le boulevard de la Constitution. La rue est vide. Il n'y a plus rien de vivant, car les becs de gaz, trop pâles dans le gris, ne sont encore que des lueurs mortes.

Mais voilà qu'au 53, deux fenêtres deviennent roses, d'un rose tiède et doux, féminin. Il n'y a pas de volets, pas de persiennes, et, à travers les rideaux de guipure qui se croisent, on aperçoit le globe rose de la lampe, les perles qui pendent tout autour, les murs roses, les cadres blancs de deux chromos suaves.

Si l'on regarde par la serrure du 53, qui est à hauteur de mon œil d'enfant, on aperçoit, au fond de la sombre perspective du corridor, la porte vitrée de la cuisine.

Il y fait chaud. Jamais, sur la tôle luisante du poêle, il n'y a une tache de rouille ou de graisse, et à toute heure l'eau chante dans une bouilloire d'émail blanc. Au milieu du fourneau à deux fours, dont un reste toujours ouvert pour chauffer la pièce (il contient des briques réfractaires qu'on mettra le soir dans les lits), se trouve un trou rond par lequel on tisonne.

Ce trou est rouge feu. Quand il pâlit, Henriette tisonne, et parfois, sans raison, on assiste à une pluie de cendres incandescentes.

Sur la toile cirée de la table, je remplis, à l'aquarelle, les vides d'images à colorier, et des bavures dépassent les traits du dessin, l'eau contenue dans une soucoupe devient rose, puis mauve, puis d'un ton indéfinissable, toujours plus laid. Alors, pour ne pas salir mon pinceau, je le mouille dans ma bouche tandis qu'à l'autre bout de la table ma mère frotte les cuivres, les lampes, les bougeoirs, les cendriers réclame et les cache-pot du salon. Christian, dans sa chaise, joue avec des cubes qu'il faut lui ramasser sans cesse.

De l'autre côté de la fenêtre, la cour est noire, mais on devine le reflet d'une autre fenêtre, au-dessus de la cuisine, celle de Frida Stavitskaïa.

Et il y en a une troisième, celle de la chambre verte qui est devenue celle de M. Saft.

Les alvéoles se sont remplis. Les trois chambres sont louées. Dans chacune un poêle ronronne, flanqué d'une charbonnière, d'un tisonnier et d'une pelle à charbon. Dans chacune quelqu'un vit, au milieu d'une zone de silence, et quand l'un ou l'autre se lève pour recharger son feu, ma mère dresse instinctivement la tête.

Ailleurs, il existe des rues animées, comme la rue Puits-en-Sock, où des silhouettes passent sans cesse, en ombres chinoises, devant l'écran des vitrines éclairées.

Rue de la Loi, rue Pasteur, rue de l'Enseignement, rue de la Constitution, les lumières sont plus rares et on entend d'un bout de la rue à l'autre une porte qui s'ouvre et se referme, quelqu'un qui rentre chez soi ou qui s'en va.

Les heures durent des éternités, en dépit du tic-tac accéléré du réveil posé sur la cheminée.

Dans la chambre rose, Mlle Pauline prépare son doctorat ès mathématiques. Il paraît qu'elle sent mauvais. Elle est petite et grasse, avec des seins qu'elle remonte jusqu'à toucher son menton, des joues rondes, des lèvres épaisses, des cheveux roux, des yeux à fleur de tête.

C'est une juive de Varsovie. Sur la table, parmi les cours étalés, il y a le portrait de sa mère, qui est exactement la même femme, en plus gras, avec des cheveux gris et le même sourire vague qui voudrait être pétri de bonté. D'une bonté un peu hautaine, condescendante. Pauline Feinstein, qui a la meilleure chambre, est la plus riche.

Au début, elle prenait ses repas dans une pension de famille où elle payait le dîner un franc vingt-cinq et le souper un franc, ce qui la forçait à sortir par tous les temps.

— Mon Dieu, mademoiselle Pauline, lui a dit Henriette, ce serait tellement plus simple et plus économique que vous soupiez ici comme les autres !

Car Frida Stavitskaïa est presque apprivoisée. Pour cela, il a fallu employer la menace.

— Écoutez, mademoiselle Frida, ce n'est pas possible que vous continuiez à manger dans votre chambre. Il y a des miettes de pain partout. Ce n'est pas propre.

Le premier soir, Frida est descendue très raide. Elle est restée debout en attendant qu'on lui désigne une place. Puis elle a déployé un papier dans lequel il y avait du pain et un œuf dur.

Elle a mangé sans mot dire, après un petit salut de la tête, et elle est partie.

Maintenant, elle possède sa boîte, une boîte à biscuits en fer-blanc que ma mère lui a donnée et dans laquelle elle met son pain, son beurre, des restes de charcuterie.

— Vous pouvez même acheter votre café. Je vous le moudrai et vous donnerai l'eau bouillante.

Cela s'est arrangé ainsi et Frida a rapporté de la ville une petite cafetière bleu pâle qui voisine, sur le feu, avec notre grosse cafetière blanche à fleurs.

M. Saft a loué la chambre verte. C'est un Polonais blond et mince, très fort en gymnastique. Il donne des leçons de culture physique pour payer ses études.

— Pour le souper, vous pourrez le prendre dans la cuisine. Je vous fournirai une boîte où vous mettrez votre pain et votre beurre.

Le premier soir, à l'heure du repas, ma mère a appelé, au bas de l'escalier :

— Monsieur Saft !… Monsieur Saft !… Venez manger !

Frida était déjà à table quand il est entré. Il s'est assis sans la regarder. Henriette, tout sourire, s'est empressée de les présenter.

— Mlle Frida Stavitskaïa… Une Russe… M. Saft, un Polonais…

Silence. Immobilité.

Ma mère a regardé mon père. Mon père n'a pas bronché. Pas un mot n'a été prononcé pendant le repas.

Pauvre Henriette ! Elle qui aime tant la cordialité, les bonnes manières ! Frida partie, elle soupire :

— Mon Dieu, monsieur Saft… Vous ne lui avez même pas dit bonjour… C'est une jeune fille… Je crois qu'elle est très malheureuse…

— C'est une Russe.

— Russe ou Polonais, quelle différence ?

M. Saft s'est hérissé comme un chat qu'on caresse à rebrousse-poil et a failli quitter la maison. On a dû courir après lui dans le corridor. On s'est expliqués.

Désormais, ma mère n'ignore plus que les Polonais,

qui subissent le joug russe depuis un siècle, ne se sont pas encore soumis à l'ennemi de leur race.

M. Saft est pauvre. Sa mère, dans un logement de deux pièces, à Cracovie, vit d'une toute petite pension que lui verse une belle-sœur plus riche.

M. Saft donne des leçons de gymnastique, cinq ou six heures par jour, ce qui l'oblige à étudier jusqu'à deux heures du matin, si bien qu'au réveil il a des yeux rouges d'albinos.

Frida est pauvre, elle aussi. Son père est maître d'école dans un village où toutes les isbas sont en bois et sans étage.

— Si tu savais, Anna, comme ils sont fiers ! confie ma mère à tante Anna. Ils n'ont pas de linge, portent des chaussettes trouées, mangent à peine. Il y a des jours où je suis sûre que M. Saft ne dîne pas. Mais ils n'accepteraient une tasse de café pour rien au monde ! Ils considéreraient comme un déshonneur de travailler de leurs mains. Tous veulent étudier, devenir quelqu'un…

Devenir quelqu'un…

Est-ce qu'Henriette ne se rend pas compte qu'elle est de la même race qu'eux, et que cette race-là, celle des petites gens qui se débattent obscurément contre leur médiocrité, couvre la plus grande partie de la terre ?

Elle aussi est trop fière pour accepter quelque chose, fût-ce de sa sœur. Et n'a-t-elle pas lutté pendant des années contre l'inertie de Désiré pour obtenir enfin d'avoir des locataires, c'est-à-dire pour échapper aux cent cinquante ou aux cent quatre-vingts francs mensuels et au logement de deux pièces à l'étage ?

Pour que son fils soit médecin, pour que Lina étudie le chant et le piano, pour que la cadette soit régente, tante Anna, si pétrie de dignité, qui, en d'autres temps, aurait été chanoinesse, sert du genièvre, sur un coin de comptoir, à des charretiers bégayants.

Derrière toutes les fenêtres éclairées de la rue, du quartier, autour de toutes les tables où l'on soupe, des êtres sont animés d'un identique espoir.

Si l'on prend le train à la gare des Guillemins, on traverse, sur des kilomètres et des kilomètres, un paysage de cauchemar où, dans la nuit, on devine des enchevêtrements gigantesques de poutrelles, de grues, de ponts roulants, où résonnent les marteaux-pilons, halètent les machines, et parfois, devant des fours incandescents, on aperçoit, demi-nus, des êtres effrayants, des hommes pourtant, qui, léchés par les flammes, s'agitent dans les fumées du cuivre ou du zinc en fusion.

Ce sont ceux-là qui défilent parfois dans les rues, en cortège, avec des banderoles, et c'est contre eux que chargent les gendarmes et les gardes civiques.

L'autre jour, les camelots criaient dans les rues, en face du Grand-Bazar et de l'Innovation, où crépitaient les lampes à arc et où les petits rentiers achetaient la liste des numéros gagnants de la dernière tombola :

— *L'exécution de Ferrer !... Demandez l'exécution de Ferrer !...*

Un anarchiste qui, lui aussi, voulait quelque chose.

Le monde est mal à l'aise. C'est encore vague, comme une maladie qui couve.

Henriette regarde avec ahurissement cette Frida Stavitskaïa, si pauvre et si orgueilleuse, qui est venue de l'autre bout de l'Europe pour étudier. Pourquoi ?

Et pourquoi M. Saft...

Voilà Mlle Pauline qui descend à son tour, qui a sa boîte, elle aussi, qui se dandine, contente d'elle, salue M. Saft, qui lui répond à peine, déballe ses richesses.

— Je ne peux pas manger sur de la toile cirée, a-t-elle déclaré.

On lui a donné une serviette à carreaux rouges et blancs qui lui sert de nappe, pour elle seule. Avec une lenteur savante de ses mains aux ongles soignés mais aux doigts boudinés, elle fait chaque soir son inventaire : de l'oie fumée qu'elle reçoit de chez elle, du boudin de foie, du fromage, des œufs…

La cuisine est petite. Nous sommes là les uns contre les autres. Nous mangeons, nous, des tartines, avec un petit morceau de fromage ou de la confiture. Désiré attend que ça soit fini pour se plonger dans la lecture de son journal, où l'on parle de Guillaume II et de la guerre inévitable.

Tout est calme, pourtant, presque sirupeux. Mais il y a au moins deux mille étrangers à suivre les cours de l'Université de Liège, et, dans les rues, on rencontre des Chinois, des Japonais, des Roumains, des Russes, surtout des Russes, tous pauvres, tous farouches.

Hier, Henriette m'a conduit à la Grand-Poste. Elle a fait établir, à mon nom et à celui de mon frère, un livret de caisse d'épargne et a versé vingt-cinq francs sur chacun.

— Surtout, ne le dis pas à ton père.

Elle a caché, en rentrant, les deux livrets jaunes au-dessus du buffet Henri II.

Les Russes, eux, prennent des grades universitaires. C'est la même chose, au fond.

Ce qu'il y a de tragique, c'est que toutes ces petites gens ne se comprennent pas.

Chacun vit dans son alvéole, près de son poêle, dans le cercle de lumière de sa lampe. Et, dans chacun de ces cercles de lumière, c'est tout chaud d'espoirs frémissants.

Seulement, voilà, les hommes ne savent ni ce qui les pousse, ni où on les pousse.

Tante Anna a faim et soif de dignité et se sacrifie, s'immole tous les jours en souriant à ses clients ivrognes qui ont un fouet planté dans leur botte.

Henriette est tourmentée par un lancinant besoin de sécurité. Elle a trop connu la misère, quand elle vivait seule avec sa mère et qu'il n'y avait que de l'eau dans la marmite.

La sécurité, c'est avoir une maison à soi, une maison où l'on vit à l'abri du cauchemar du loyer, un chez-soi garanti à jamais, une chambre, un lit pour vivre et pour mourir.

Frida a vu son père, le maître d'école, humilié, houspillé par les fonctionnaires du tsar, méprisé par les koulaks, qui sont les paysans riches de là-bas, et elle croit qu'on n'édifiera une Russie nouvelle que par l'intelligence et l'instruction.

M. Saft travaille pour la libération de la Pologne !

Et Pauline Feinstein, dont le père est sorti du ghetto, sera un jour professeur dans une université, de sorte qu'on oubliera la boutique étroite et profonde comme un porche, éclairée par de fumeuses lampes à huile, où son père et sa mère ont gagné leur petite fortune en vendant de la confection qui pendait à des tringles, avec des têtes en carton découpé au-dessus des complets et des robes.

Tous ont faim de mieux-être, tous pressentent une vie différente, mais pour chacun c'est un autre mirage. Or, les voilà réunis, méprisants et silencieux, autour d'une table, près du poêle aux quatre cafetières, avec les boîtes en fer-blanc qui contiennent les victuailles, et Henriette qui leur sourit parce que ce sont ses locataires et qu'ils paient.

Est-ce que Désiré sent qu'il ne connaîtra pas le résultat de tout ce sourd travail ?

Il était né pour vivre heureux et il était heureux de peu de chose. Il a horreur de déménager. Tout changement lui fait peur. Toute gestation l'angoisse.

En bras de chemise, au coin du feu, dans son fauteuil d'osier qui craque, il s'entoure d'un nuage de fumée pour lire son journal.

Quand, au moment d'aller dormir, je m'approche pour l'embrasser, il trace, du pouce une croix sur mon front et dit d'une voix profonde :

— Bonsoir, fils.

Le fils qui verra peut-être…

Mère ne pense pas si loin et, tout en épluchant ses légumes ou en ravaudant les chaussettes, elle cherche le moyen de gagner quelques sous de plus.

Je ne sais pas, petit Marc, si heureux aujourd'hui dans tes jardins, si tu comprendras ces pages ou si tu souriras en les lisant. C'est pourtant un drame immense, sans cesse renouvelé au cours de l'Histoire, c'est la poussée inconsciente des humbles, la lutte instinctive contre la condition humaine, c'est l'épopée des petites gens.

Et qu'importe le château où tu vis, qu'importent tes vêtements blancs que ta grand-mère aurait appelés des vêtements de petit prince, qu'importent ta gouvernante et tes jouets luxueux : de ces petites gens nous sommes ta mère et moi, et toi.

16

Fontenay-le-Comte,
le 10 juin 1941.

Certains jours, le matin, la maison se vide dès huit heures et Henriette reste seule avec Christian, qu'elle enferme dans sa chaise pendant qu'elle fait ses chambres. Je connais cette atmosphère de la maison vide et plus sonore, car maintenant je vais à l'école des Frères, en face, et, à l'heure de la récréation, c'est-à-dire à dix heures moins le quart, quand la cour s'emplit brusquement d'un vacarme suraigu, j'ai la permission de traverser la rue.

Ma mère laisse la porte contre. Quand elle oublie, je toque à la boîte aux lettres tout en regardant machinalement par la serrure.

Dans le corridor, je crie :

— C'est moi !

Sur la quatrième marche de l'escalier, je trouve un verre de bière dans lequel on a battu un œuf et fait fondre du sucre. Comme je suis chétif, le docteur a recommandé des laits de poule. Mais je digère mal le lait et on me prépare des « laits de poule à la bière ».

En haut, ma mère va et vient, retourne les matelas, vide les cuvettes, manie brosses et pelles, un fichu sur ses cheveux qui tombent, dans un courant d'air perpétuel, car elle a horreur de l'odeur des autres, et, comme par un fait exprès, tous nos locataires, surtout les femmes, d'après elle, ont une odeur forte.

Elle se penche sur la rampe.

— Regarde si ton frère ne fait pas de bêtises.

Je n'ouvre pas la porte de la cuisine, coule un regard à travers les vitres, sûr que Christian est là, gros et béat dans sa chaise comme un chanoine à vêpres.

Dix fois en une matinée, Henriette descend et remonte, pour surveiller Christian, pour recharger son feu, pour s'assurer que le dîner ne brûle pas, pour le marchand de charbon, la marchande de lait, le marchand de légumes, et elle trouve le temps de courir acheter la viande chez Godard, au coin de la rue Pasteur et de la place du Congrès.

Certains jours, l'un ou l'autre locataire n'a pas de cours, ou préfère étudier à la maison, et c'est de là qu'est né tout un drame. Est-ce que, mon fils, tu comprendras que c'est un vrai drame, ou au contraire souriras-tu ? Je préférerais, je l'avoue, que tu comprennes le drame, que tu le sentes.

C'est très difficile à raconter, parce que c'est tout en nuances. Henriette Simenon est terriblement sensible aux nuances, au point de pleurer, de souffrir pour des choses qui échappent aux autres, au point de se tordre les bras dans de véritables crises de nerfs et de se jeter par terre en claquant des dents ou en mordant le tapis.

Comme tous les humbles, mon petit Marc, ta grand-mère est orgueilleuse et elle met son orgueil dans son honnêteté.

Pauvre, mais honnête ! Dans des milliers de petites maisons comme la sienne, tu entendras ce mot-là, et il est sincère, il l'est presque ; et si on compose parfois un tout petit peu avec cette règle de vie, jamais on ne se l'avouerait à soi-même.

Ta grand-maman triche, je te l'ai déjà dit. Elle a toujours triché avec Désiré. Elle rêve de tricher avec ses locataires ; elle essaie, timidement. Elle a besoin, un besoin lancinant, presque douloureux, de gagner de l'argent.

En même temps, elle a peur d'être soupçonnée ; elle a si peur d'être en dessous de ce qu'elle devrait être que souvent c'est avec elle-même qu'elle triche.

Est-ce que tu peux comprendre cela ? En prenant des locataires, elle s'était promis de leur servir tout au moins le petit déjeuner et le repas du soir.

Or, le hasard lui a envoyé des locataires pauvres, sauf Mlle Pauline. Ils ont voulu manger dans leur chambre, près de leur lit, près de leur cuvette et de leur seau de toilette, et le sens de l'ordre, de ce qui se fait et ne se fait pas s'est hérissé chez ma mère.

Elle a vu des papiers gras parmi les cours et les cahiers, de la charcuterie dans les garde-robes, près du linge, les bas ou les chaussettes.

C'était la bohème qui s'installait dans la maison et elle a préféré céder une partie de sa cuisine, ouvrir celle-ci à l'invasion, donner des boîtes en fer pour les victuailles et de l'eau chaude pour le café.

La grasse et souriante Mlle Pauline aurait pu, elle, payer ses repas, mais elle a vu les boîtes de Frida et de M. Saft et elle a aussitôt adopté le système.

Elle a de grosses chevilles de juive, des pieds sensibles, si sensibles que tout son argent passe en chaussures, dont elle possède une pleine armoire.

Comme ses mains potelées sont très blanches (Désiré prétend que ses doigts ressemblent à des saucisses mal portantes), elle est persuadée qu'elles sont très belles. Elle les soigne, soigne ses ongles, joue de ces mains-là comme les jolies femmes de jadis jouaient de l'éventail. Un soir, Henriette demandait à chacun comment il se verrait s'il avait le pouvoir de se refaire à sa guise, et Mlle Pauline a gazouillé avec sa tranquillité de jeune déesse :

— Comme je suis !

Les cheveux rares et roux, les chevilles enflées, les seins sous le menton, les yeux glauques et les lèvres épaisses !

Avec quelle satisfaction elle ouvre sa boîte pour en extraire avec lenteur des denrées coûteuses que lui envoie sa mère ou qu'elle achète ! Cela ne la gêne pas, au contraire, de voir Frida et M. Saft se contenter d'un œuf dur, et parfois, à la fin du mois, de pain sans beurre. Nos regards d'enfants gourmands n'enlèvent rien à sa satisfaction. Au contraire !

Les coudes sur la table, jouant lentement de ses doigts comme d'instruments, elle pèle, épluche, décortique, puis déguste à toutes petites bouchées et, une demi-heure après que tout le monde a mangé, elle est encore à table.

Mlle Pauline est frileuse. Le poêle, dans sa chambre, est toujours de ce rouge violacé qui crée une atmosphère si intime. Mais voilà qu'on lui présente sa première note du mois et elle l'examine avec une délicate attention.

— Dites-moi, madame Simenon, combien me comptez-vous le seau de charbon ?

Ma mère est devenue pourpre à la seule idée qu'on puisse la soupçonner de tricherie.

— Cinquante centimes.

Or, Mlle Feinstein, dont les parents vendaient de la confection en plein air, ou presque, et qui étudie les hautes mathématiques, s'est renseignée.

— Le marchand, dans la rue, vend le seau quarante centimes.

Henriette est dans son bon droit. Cependant elle souffre à l'idée qu'une de ses locataires a manqué de confiance en elle au point d'arrêter le marchand de charbon.

— C'est vrai, mademoiselle Pauline. Mais vous oubliez que, ce charbon, je vous le monte, que je fournis le bois, le papier, et que j'allume le feu. Rien que la botte de petit bois vaut cinq centimes. Il me reste cinq centimes pour ma peine.

On devine que Mlle Pauline se demande si le papier – un vieux journal – et le travail de monter un seau de charbon au premier étage valent bien ces cinq centimes.

— Si vous voulez prendre votre charbon vous-même au marchand et allumer votre feu…

Si Henriette rougit tellement, si elle est à ce point indignée, c'est que, malgré tout, elle triche. C'est vrai que le seau de charbon, au marchand qui passe chaque matin, vaut quarante centimes, mais les charbonnières des chambres contiennent un bon quart en moins.

Comprends-tu, petit Marc, pourquoi l'honnêteté est si pointilleuse ?

Pourtant, ta grand-mère est bonne. Si revêche que soit Frida, elle en a pitié, parce que la chambre de l'entresol est glacée. La cuisine et cette chambre qui se trouve au-dessus forment annexe derrière la maison, et la chambre de la Stavitskaïa n'est pas couverte d'un toit mais d'une plate-forme en zinc. Souvent on voit des perles d'humidité glisser comme des larmes sur le vert lugubre des murs peints à l'huile. Par temps gris, il fait sombre et triste. Le poêle ne tire pas.

A dix heures, à onze heures, Henriette frappe à la porte et une voix sans aménité répond :

— Entrez !

— Il faut que je fasse la chambre, mademoiselle Frida.

Pas de feu, par économie. Les doigts blancs d'onglée, Frida étudie, vêtue de son manteau râpé.

— Vous allez attraper du mal.

— Qu'est-ce que cela peut vous faire ?

— Si vous allumiez un petit feu ? Ne fût-ce que pendant une heure, pour enlever la crudité de la pièce ?

— J'allumerai du feu quand je voudrai.

Elles sont aussi fières l'une que l'autre. Seulement, si Henriette a toujours peur de blesser, de vexer, de faire de la peine, Frida dit cyniquement les vérités les plus cruelles.

Dans la cuisine, pendant ce temps-là, il y a un bon feu, une réconfortante odeur de soupe ou de ragoût, de la buée sur les vitres.

— Écoutez, mademoiselle Frida, je ne peux pas faire votre chambre quand vous y êtes.

— Vous ne me gênez pas.

— Moi, vous me gênez. Il faut que j'ouvre la fenêtre, que j'aère le lit, que je lave par terre.

— Ne le faites pas.

— Je tiens à ce que la chambre soit propre.

— Moi, cela m'est égal, et c'est moi qui l'habite.

— Pourquoi, le matin, pendant que je fais les chambres, n'iriez-vous pas étudier dans la cuisine ? Personne ne vous dérangerait. Vous seriez seule. Je prendrais Christian avec moi.

Frida a fini par se laisser convaincre. Elle n'a pas dit merci. Elle est descendue, ses cours à la main. Ma mère a essuyé avec soin la toile cirée de la table et ouvert les deux fours pour qu'il fasse plus chaud. Elle a tisonné le poêle, écarté légèrement le couvercle d'une casserole.

— Avouez que vous êtes bien mieux ici...

Mais Frida au teint pâle, aux yeux noirs comme des

charbons, à la large bouche saignante, ne daigne pas répondre. On cueille mon frère comme un poulet et on l'emmène de chambre en chambre, de courant d'air en courant d'air.

A onze heures, on toque à la porte. C'est mon oncle Léopold qui erre dans le quartier et vient, comme cela lui arrive de temps en temps, s'asseoir un moment près du feu chez sa sœur cadette.

— Écoute, Léopold…

Comme elle reste debout dans le corridor sans le faire entrer et comme elle jette un coup d'œil à la porte vitrée de la cuisine, il a déjà compris. Le vieil ivrogne est chatouilleux, lui aussi.

— Bon, je m'en vais.

— Mais… Léopold… Attends que je t'explique…

Rien du tout ! Maussade, la démarche lourde et un peu hésitante, il s'éloigne le long du trottoir et on peut être sûr qu'il va se consoler à l'estaminet du coin.

Henriette soupire, renifle, fronce les sourcils, se précipite vers la cuisine, où un grésillement sinistre se fait entendre tandis que règne comme une odeur de cuir brûlé.

— Mon Dieu, mademoiselle Frida…

Frida lève des yeux pleins d'autres pensées.

— Vous ne sentez rien ?

Frida est une vraie statue de l'indifférence.

— Un si beau sauté de veau !… Voyons, mademoiselle Frida, vous auriez pu m'appeler, me prévenir que ça brûlait…

— Je ne savais pas.

L'air est bleu comme dans une tabagie. Dans la casserole de fonte, il n'y a plus qu'une sorte de gros charbon noir.

— Vous n'allez pas me dire que…

216

Frida, debout, ramasse ses cours, son crayon, ses cahiers.

— Il fallait me prévenir que vous me faisiez descendre pour surveiller votre dîner. Je serais restée dans ma chambre.

— Mademoiselle Frida !

Elle est déjà dans le corridor et elle daigne se retourner, interrogative.

— Comment pouvez-vous dire… Comment pouvez-vous penser…

Henriette attrape machinalement un coin de son tablier à petits carreaux bleus et s'en cache le visage. Sa poitrine se soulève. Son chignon vacille. Seule dans la cuisine, où il va falloir ouvrir la fenêtre pour chasser l'odeur de brûlé, elle sanglote.

Si seulement elle pouvait rappeler Léopold ! A lui, elle se confierait. Il comprendrait. Mais Léopold est vexé. Léopold est aussi fier que sa sœur. Pourquoi ne va-t-il pas chez les autres, chez Anna à Saint-Léonard, chez Marthe Vermeiren rue des Clarisses, chez Armandine ? Parce qu'il gêne, parce qu'il sent qu'il gêne et qu'on a honte de lui.

Il n'avait plus comme refuge, les matins où on a le cœur gros, que la cuisine de la petite Henriette, et Henriette ne l'a pas reçu. C'est vrai qu'il est au café du coin. Les coudes sur le comptoir, il vide des petits verres à fond épais, en regardant fixement devant lui, et se jure de ne jamais revenir rue de la Loi.

Ce n'est pas un serment d'ivrogne. Même soûl, il se souviendra qu'Henriette lui a, un matin, fermé sa porte.

Ils étaient restés des années sans se voir. Il a fallu un hasard pour rétablir entre eux des relations plus ou moins suivies.

C'est fini. Des mois vont s'écouler pendant lesquels Léopold n'aura plus aucun lien avec sa famille. C'est comme un plongeon. Où erre-t-il pendant ce temps ? Où trouve-t-il asile et à quel inconnu se confie-t-il quand le genièvre le rend nostalgique ?

Sa femme, Eugénie, n'en sait rien, et quand d'aventure il reparaît, elle évite de le questionner par crainte de le voir plonger à nouveau.

A qui Henriette pourrait-elle confier sa peine ? A Anna, si dimanche prochain on va à Saint-Léonard ? Mais Anna répondra : « Tu es trop bonne ! On se moquera toujours de toi ! »

Quant à Désiré, jamais elle ne se plaindra à lui de ses locataires. Il les supporte, ne dit rien, évite de se mêler des questions d'argent qui les concernent : « Tu l'as voulu, n'est-ce pas ? C'est ton affaire ! »

Pourtant, il le fallait ! Est-ce que Désiré ne le sait pas ? Est-ce qu'on aurait élevé et fait étudier deux garçons avec les cent quatre-vingts francs qu'il gagne maintenant par mois ? Et s'il lui était arrivé quelque chose ?

Henriette est accablée par la conviction d'une immense injustice. Ce serait si facile, si chacun y mettait du sien ! Ne fait-elle pas tout ce qu'elle peut ? Regarde-t-elle à sa peine ? Hésite-t-elle à vider des seaux de toilette et à nettoyer les peignes sales de Frida et de Mlle Pauline ?

Elle ne demande pas de reconnaissance ; seulement un peu de compréhension. Elle est prête à s'intéresser au sort de chacun.

— Dites-moi, mademoiselle Frida, c'est le portrait de votre maman qui est dans votre chambre ?

— Qu'est-ce que ça peut vous faire ?

M. Saft, lui, est toujours parti. Il monte et descend l'escalier quatre à quatre. Le matin, il fait des haltères dans sa chambre et les laisse retomber sur le plancher, de sorte qu'il a déjà cassé trois manchons de l'appareil à gaz qui est en dessous, des manchons à trente centimes pièce.

— Ces Russes et ces Polonais, Anna, ce sont des sauvages...

Cependant, quand elle trouve dans la chambre de M. Saft des chaussettes trouées, elle les descend pour les raccommoder. Puis elle réfléchit. Le soir, elle propose :

— Dites-moi, monsieur Saft... Voulez-vous qu'à l'avenir je vous raccommode vos chaussettes ?... Je ne vous prendrai que cinq centimes par paire.

Elle voudrait... Henriette ne sait pas... Si, elle sait, elle sent ce qu'elle voudrait... Elle voudrait que tout le monde soit cordial, souriant, sensible, que chacun évite de faire mal aux autres, exprès ou par inadvertance... Elle voudrait leur faire plaisir à tous et en même temps gagner un peu d'argent, quitte à se coucher à minuit et à se lever à cinq heures du matin.

Malgré elle, elle préfère les locataires pauvres aux locataires riches, parce qu'elle a besoin de rendre service et presque de se sacrifier. Mais elle souffre quand on ne s'aperçoit pas de ses sacrifices.

Elle va, elle vient, les chambres, la cuisine, les petites cafetières et la grande cafetière familiale sur le feu. Monter, descendre. Les poêles qu'il faut entretenir. Je rentre de l'école.

— J'ai faim !

Je mange. Mon frère mange. Je suis à peine reparti pour l'école que c'est le dîner de Désiré qu'il faut préparer, des plats sucrés, de la viande bien cuite.

Je rentre à quatre heures, il fait noir, il crachine.

— Mets ton caban...

Car, en passant les ponts, en allant chez Salmon, dans

une petite rue près du marché, on a du beurre meilleur et deux centimes moins cher qu'ailleurs. Sans compter que les tickets donnent droit à une ristourne de cinq pour cent en fin d'année.

Mon frère qui est lourd et qu'il faut porter la moitié du chemin. Le filet à l'autre bras. Moi qui tiens le filet ou la jupe de ma mère. On prend au plus court, par les rues obscures et visqueuses.

Pourvu que le feu ne s'éteigne pas ! Pourvu qu'il ne vienne personne !

Le timbre de la boutique. L'odeur du beurre et des fromages. La grosse Mme Salmon et ses deux filles aussi grosses qu'elle. Un sourire d'Henriette.

Car il faut sourire aux fournisseurs pour être bien servi.

— Deux livres…

Les mottes de beurre enveloppées de feuilles de choux qui suintent et sont froides à la main.

En allant acheter le café à la Vierge-Noire, rue Neu-vice, on gagnera encore un sou.

— Bonjour, mademoiselle…

Sourire. Pourvu que le feu…

Des gouttes de pluie dans les petits cheveux qui dépassent du chapeau de ma mère. Alternance d'obscurité et de lumières. Odeur d'encens en passant devant une église dans l'ombre de laquelle se glissent des ombres.

Christian est lourd. Ma mère en est toute tordue. Si le dîner n'est pas prêt à six heures et demie, quand rentrera mon père…

Qu'est-ce qu'on mangera ce soir ? Nous passons par la rue Puits-en-Sock. Une « friture ». Un immense fourneau où la graisse bout.

— Vous me donnerez cinquante centimes de frites.

— Vous avez votre plat ?

— Non ! Je vous le rapporterai demain matin.

Cinquante centimes de frites blondes et chaudes dans un plat de faïence qu'on recouvre d'une serviette.

— Porte-le, Georges. Ne le laisse pas tomber.

Le plat est gras et glissant. Il crachine toujours. La maison. On voit de la lumière par la serrure. Qui a allumé le gaz dans la cuisine ? Il n'est pas possible que Désiré soit rentré.

Henriette cherche sa clé, s'avance dans le corridor, les reins comme vidés.

— Oh ! c'est vous, mademoiselle Pauline !

Pauline Feinstein est installée paisiblement à la place que Frida occupait le matin. Le feu ronfle. Le poêle a été rechargé jusqu'à la gueule et la plaque de fonte, au-dessus, est rouge à éclater.

— Comme il n'y avait personne et que cela ne valait pas la peine d'allumer du feu dans ma chambre… Vous avez besoin de la table ?

Henriette devrait dire oui. C'est vrai. Il est temps de dresser le couvert. Elle dit non.

— Restez, mademoiselle Pauline… Mon mari ne rentre pas encore…

Pour que les frites ne refroidissent pas, on pose le plat sur le couvercle du four. J'élève la voix.

— Chut !… Tu vois bien que Mlle Pauline travaille.

Et Mlle Pauline ne dit pas non. Elle étudie, en effet, les doigts dans les oreilles, tandis que ses lèvres remuent silencieusement.

— Laisse ton frère tranquille… Christian ! Veux-tu faire moins de bruit…

Mon père rentre et la Feinstein occupe toujours la

moitié de la table. Frida descend. On voit son visage pâle derrière la porte vitrée. Elle la pousse, dit en regardant Pauline :

— Je croyais qu'on mangeait.

— Mais oui, mademoiselle Frida… Un instant… Je peux mettre la table, n'est-ce pas, mademoiselle Pauline ?

Et celle-ci, aussi lentement qu'elle mange, range ses livres.

Elle a compris, elle, le truc de la cuisine. Du feu et du gaz qui ne coûtent rien ! Désormais, du matin au soir, quand elle n'aura pas de cours, la meilleure place au bout de la table sera sa place.

— Taisez-vous, mes enfants ! Vous voyez bien que Mlle Pauline travaille… Georges ! Ne taquine pas ton frère… Reste tranquille.

C'est à cause de cela, petit Marc, qu'on a envoyé ton père, puis ton oncle Christian, jouer dans la rue.

17

Château de Terre-Neuve,
Fontenay-le-Comte, le 11 juin 1941.

Quel problème pour l'être qui, ignorant des affaires des hommes, se pencherait sur une ville comme l'entomologiste sur la fourmilière ! Voilà que, au fond de ces tranchées que sont les rues, la foule, six jours durant, coule dans un sens, afflue, s'entasse dans les tranchées les plus étroites, les plus incommodes que sont les rues commerçantes, tellement serrée que d'en haut on ne voit plus qu'une masse noirâtre assez semblable à du caviar. Pourquoi, le septième jour, la voilà-t-elle, cette foule, qui s'ébranle en sens contraire, prend d'assaut des petites machines qui gravitent curieusement en s'arrêtant d'instant en instant pour lâcher un peu de leur contenu et pour prendre un nouveau chargement ?

Certaines allées et venues sont plus faciles à comprendre, comme le cheminement de ces isolés qui convergent vers la ville où ils apportent la nourriture qu'on entasse, avant de la partager, sur une grande place.

Mais si, au lieu d'étudier la masse, on limite son observation à un individu, ou à un petit groupe d'individus, quels enseignements en tirera-t-on sur les mœurs et usages des hommes ?

Voici un spécimen de femelle, né dans une grande maison du bout de la ville où s'entassaient les matériaux qui servent à la construction des habitations humaines.

C'est le treizième produit issu d'un vieux couple. Le mâle meurt et des centaines d'individus se réunissent pour cacher sa dépouille sous une mince couche de terre. Après quoi les petits du couple s'éparpillent en tous sens, sauf la plus jeune femelle qui reste avec la mère. Elles s'installent dans un alvéole plus petit et paraissent n'avoir aucun contact avec les autres individus de leur race.

Est-ce une règle chez les hommes ?

La jeune femelle devient pubère et désormais passe la plus grande partie des journées dans un vaste enclos où d'autres femelles s'agitent sous la surveillance de quelques mâles.

Quand la mère meurt, la jeune s'accouple à son tour. Elle change d'alvéole, ne passe plus ses journées dans l'enclos des vierges.

A son tour, elle met un petit au monde et la voilà à nouveau qui change de case.

Est-ce la règle ?

Le couple et le petit ne voient pour ainsi dire personne.

Mais voilà que, le petit à peine capable de marcher, la famille, à jour fixe, se rend dans un autre alvéole où d'autres familles se rassemblent autour du vieux mâle et de la vieille femelle dont elles sont issues.

Est-ce la règle ?

Et est-ce la règle que toutes ces familles se dispersent à nouveau dès que la vieille femelle meurt à son tour ?

Les familles ne resteront cependant pas isolées. Chacune, à jour fixe, rejoindra d'autres familles.

Puis, à nouveau, le groupe se disloquera pour former d'autres groupes, comme on voit au microscope les infiniment petits se séparer et se rejoindre, attirés les uns vers les autres par de mystérieux aimants.

Rue Léopold, Henriette et Désiré ont vécu seuls, ou presque, puisqu'il n'y avait que Valérie à venir parfois les visiter dans le logement au-dessus de chez Cession.

Rue Pasteur, on a pris l'habitude d'aller chaque dimanche chez les vieux Simenon, où tous les Simenon mâles et femelles se réunissent avec leurs bébés.

Quelle affinité soudaine, quelle nouvelle polarisation a conduit Désiré et Henriette derrière l'église Saint-Denis, dans la cour pareille à un béguinage, chez Françoise et chez son mari le sacristain ?

Désormais, le couple ne sera plus jamais seul. La solitude a duré deux ans à peine, le temps de mettre au monde le premier enfant. Mais pourquoi Françoise plutôt que Céline ou que Lucien, ou qu'Arthur ?

C'est encore le clan Simenon qui domine, qui a la plus grande force d'attraction.

Avec les Brüll, les contacts sont furtifs : Léopold, qui vient parfois s'asseoir dans la cuisine quand Désiré n'y est pas ; Félicie, qu'Henriette va embrasser en passant, à l'insu des deux maris. Est-ce que Désiré est encore le chef de la famille, celui, le seul, qui lui apporte sa subsistance ?

A peine sait-on où les Brüll habitent, disséminés dans la vaste ville. L'enfant que je suis ne les connaît pas encore et pourrait rencontrer ses oncles et tantes dans la rue sans le savoir.

Comme si Désiré avait épousé une orpheline sans famille.

Mais l'orpheline, à force de patience et de ruse, change une fois de plus d'alvéole. Rue de la Loi, c'est bien plus sa maison que celle de Désiré, puisque c'est elle qui y travaille.

Alors, tout un temps, chaque dimanche, tournant le dos à la proche rue Puits-en-Sock, nous nous acheminons vers Saint-Léonard, où c'est le tour de Désiré d'être un étranger dans la cuisine de tante Anna, derrière le magasin qui sent les épices et le genièvre tandis que le parfum des osiers pénètre les corridors.

Les Simenon sont définitivement vaincus. D'autres périodes succéderont à la période tante Anna. A de négligeables ou accidentelles exceptions près, ce seront toutes des périodes Brüll. Et quand, le dimanche, dans nos vêtements neufs, notre petit groupe de quatre personnes s'ébranlera dans les rues vides, ce sera toujours vers le foyer d'un frère, d'une sœur, d'un cousin ou d'une cousine de ma mère.

Non seulement des étrangers venus de Russie et de Pologne ont envahi notre maison, où Désiré est plus seul que dans la rue, mais c'est chez des étrangers aux Simenon, c'est chez des Flamands venus du Limbourg que nous irons le dimanche chercher la détente.

Après la période tante Anna, ou plutôt alternant avec celle-ci, car la promenade de Saint-Léonard est une promenade d'été, voici que commence, pour l'hiver, la période Marthe ou période Vermeiren.

Il y a déjà plusieurs jours qu'à l'école des Frères, dès trois heures et demie, on allume les deux becs de gaz qui donnent une lumière poudreuse. Sur le mur peint en vert amande, une image d'Épinal collée sur toile et vernie, ce qui lui donne un ton de vieil ivoire, représente la foire d'hiver, probablement la foire de Noël, dans une petite ville rhénane, car toutes les images qui décorent les classes viennent d'Allemagne.

226

Les maisons gothiques sont à pignon dentelé, à toit aigu, les fenêtres à petits carreaux. La ville est couverte de neige et, au premier plan, on voit une jeune fille enveloppée de fourrures assise dans un traîneau que pousse un élégant personnage à bonnet de loutre.

Sur la place, de petites baraques regorgent de victuailles et de jouets ; il y a un montreur d'ours et un joueur de flûte en houppelande verte.

L'animation est grande, Noël approche et la ville a la fièvre.

Pour nous, dans quelques jours, c'est la Saint-Nicolas, la fête des enfants, et nous voilà, le dernier jeudi, courant vers la ville, dans la rue noire que balaie déjà un vent chargé de neige. Toujours Henriette doit se presser. Elle a chargé son feu de charbon très fin et fermé la clé, car ni Mlle Pauline, assise pourtant les pieds dans le four, ni Mlle Frida, qui étudie dans sa chambre, ne penseraient à y jeter un coup d'œil.

— Je me demande comment des femmes…

Allons ! Ce sont des sauvages, c'est tout ! Tant pis pour leur mari si elles en trouvent. D'une main, ma mère entraîne Christian, qui a trois ans et qui bute, car il regarde partout, sauf devant lui. De l'autre, son éternel filet à provisions et son gros porte-monnaie tout gris à force d'usure.

— Tiens-moi, Georges… Tu vas te perdre…

L'haleine de la ville n'est pas la même que d'habitude. Il y a une qualité de l'air bien spéciale aux jours qui précèdent la Saint-Nicolas. Déjà ce n'est plus le froid mouillé de l'automne, celui qui caractérise la Toussaint, avec les nuages rapides et les rafales de vent, mais un froid comme stagnant sous un ciel quasi immobile et plus blanc que gris.

227

S'il ne neige pas encore, des petites parcelles de glace flottent dans l'espace comme une poussière, et on peut mieux le constater dans le halo lumineux des vitrines.

Tout le monde est dehors. Tout le monde court. Toutes les femmes ont à la traîne des enfants qui voudraient s'arrêter devant chaque étalage.

— Marche, Christian… Lève tes pieds…

Cent, mille, des millions d'autres mamans disent la même chose.

— Attention au tram…

Les confiseries, les pâtisseries, les épiceries sont pleines à craquer, comme les baraques de l'image d'Épinal. L'odeur sucrée, aromatisée du pain d'épice et du chocolat jaillit des portes qui s'ouvrent et se ferment sans cesse. De bas en haut des vitrines s'empilent d'épaisses « couques » au miel, et certaines sont truffées de fruits confits multicolores.

Debout, les saints Nicolas en pain d'épice, grandeur nature, avec des barbes blanches formées d'ouate, des moutons, tout cela brunâtre ou couleur de pain bis, tout cela sucré, parfumé, comestible.

— Regarde, mère…

— Marche…

Au Grand-Bazar, place Saint-Lambert, la foule piétine dans les allées, entre les rayons, n'avance que pas à pas, et dix ascenseurs ne suffisent pas à la transporter aux étages. On voit des hommes s'éloigner avec, sur les épaules, un immense cheval de bois ; des femmes apportent leurs cheveux pour les mettre à quelque poupée qui parle.

La tête tourne, des massepains blancs, roses, bleus, verts représentent des fruits, des animaux, des personnages.

— Qu'est-ce que tu veux pour la Saint-Nicolas ?

— Une boîte de couleurs… Des vraies, dans des tubes… Avec une palette…

Le milieu des rues est obscur, peuplé de silhouettes noires, car les trottoirs débordent, et les trams qui n'avancent qu'au ralenti sonnaillent sans répit. Une force mystérieuse vous tire en avant. Parfois, échappant au vertige, mère nous entraîne dans une petite rue déserte et soudain glacée afin de couper au court, et bientôt on voit, comme au bord d'un tunnel, le grouillement lumineux qui recommence.

Nous sommes entrés dans des magasins. On nous a donné quelques bonbons pour nous faire prendre patience. La grande peur, c'est de se perdre, et je tiens obstinément le filet de ma mère.

— Christian… Où est Christian ?…

Il est là. Il n'a pas bougé. Mais il est si calme, si silencieux qu'on ne s'aperçoit jamais de sa présence.

Il faut encore que nous allions acheter la viande pour demain.

Les rites des ménages sont aussi compliqués que ceux d'une religion orientale. Si, d'habitude, on achète la viande chez Godard, au coin de la rue Pasteur et de la place du Congrès, ma mère en profite, quand nous sommes en ville, pour l'acheter aux halles, où elle est moins chère, et alors on prend un morceau pour deux jours.

Nous quittons à nouveau la foule et les lumières. Là rue des Clarisses, où se dresse l'immense verrière de la halle aux viandes, est obscure et calme, le trottoir désert. Soudain, une silhouette trapue s'immobilise et une voix appelle :

— Henriette !

Ma mère tressaille, un moment suffoquée.

— Jan…

Je ne connais pas cet homme court et massif, aux larges épaules, à la tête carrée, à la barbiche grise et aux épais sourcils qui parle flamand à Henriette. Chez ma mère, je sens ce trouble et cette humilité qu'elle manifeste en face des gens riches.

Nous avons froid aux pieds. Nous regardons l'étranger, mon frère et moi. Il y a déjà longtemps qu'il parle, un cigare entre les lèvres, quand il s'avise de notre présence et baisse les yeux vers nous.

— Dites bonjour à votre oncle Jan…

Je lève la tête pour l'embrasser, mais il se contente de me serrer la main et de toucher du bout des doigts la joue de Christian.

Nous formons comme un îlot vivant sur le trottoir.

Je sais que l'oncle Jan, Jan Vermeiren, est le riche homme de la famille. Je sais qu'il est le mari de tante Marthe dont nous avons la photographie dans l'album, de profil, sur un fond nacré, avec des manches à gigot. Je sais aussi où est sa maison, qu'on m'a maintes fois désignée lorsque nous passions devant et que ma mère me recommandait :

— N'aie pas l'air de regarder…

C'est cette vaste maison en briques blanches, juste en face de la halle aux viandes, avec le magasin d'épicerie en gros et la porte cochère d'où sortent des camions. Sur la bâche de ces camions, il y a en lettres énormes le nom de mon oncle.

Que se sont-ils dit, en flamand ?

— Venez, mes enfants, murmure ma mère.

Oncle Jan nous conduit. Son pas est lourd, son regard lourd, sa parole lente et pesante, et son cigare s'est éteint entre ses dents. Il pousse de temps en temps un gros soupir, comme un homme qui aurait de la peine à marcher, mais c'est parce qu'il est comme écrasé par tout le poids de la vie, d'une vie qu'il a voulue si importante qu'il en est accablé.

Il pousse la porte vitrée. De longs comptoirs, des commis et des vendeurs. Mais, ici, ce n'est pas l'animation des autres magasins. Le rythme est plus austère et plus puissant, car on ne vend qu'en gros ou en demi-gros, et le magasin est encombré de sucre, de barils et de caisses.

Nous traversons. Nous montons quelques marches. Nous passons devant un bureau vitré où brûle un radiateur à gaz et où travaillent deux employés.

L'espace de quelques secondes, je découvre un univers : un hall qui me paraît aussi vaste qu'une église où les marchandises s'entassent jusqu'au plafond, où des hommes en tablier bleu poussent des chariots et chargent des camions au nom de Vermeiren.

— Par ici...

La quiétude soudaine d'un escalier bourgeois, une odeur de cuisine, une servante qui se penche sur la rampe et qui questionne :

— Qui est-ce ?

— C'est moi !... répond oncle Jan.

Une cuisine à droite, toute blanche, une cuisine comme sur les images. Mon oncle hésite entre le salon et la salle à manger, nous fait entrer dans la salle à manger, allume le gaz, puis le radiateur à gaz, dont les flammes jaunes et rouges qui jaillissent de sortes de copeaux me subjuguent.

Avec un nouveau soupir, Jan, qui a gardé son chapeau melon sur la tête, se laisse tomber dans un fauteuil couvert de cuir. Il allume son cigare. Il a l'air lugubre. Il se tait.

— Tu veux que j'essaie, Jan ? propose timidement ma mère.

Un regard lourd. Oui... Comme elle voudra...

— Tu surveilles un moment les enfants ?

Il ne surveille rien, mais nous sommes trop impressionnés, mon frère et moi, pour risquer un mouvement.

Henriette sort. On l'entend frapper à une porte. On l'entend qui dit doucement, de cette voix qu'on prend pour apprivoiser les animaux :

— Marthe !... Marthe !...

Ça bouge, sur le lit, dans la chambre.

— C'est moi, Marthe... Moi, Henriette...

A ce moment-là, je n'essaie pas de comprendre. C'est à peine si je regarde mon oncle et si j'ai remarqué une reproduction du *Syndic des Drapiers* encadrée d'un cadre réclame.

La vérité, c'est que je renifle et que je cherche l'odeur, sans la trouver, ou plutôt l'odeur que je trouve est une odeur grave, complexe, magnifique, bien plus magnifique que celle de chez tante Anna, et sans aucun rapport avec l'odeur de mon camarade Roels.

— Marthe !...

Penchée sur la porte, ma mère parle flamand, d'une voix de plus en plus douce.

L'odeur de Roels est tellement forte qu'en classe tous ses voisins en sont incommodés.

C'est un garçon de mon âge, vêtu d'un costume chasseur en velours brun à côtes. Ses parents exploitent, rue Puits-en-Sock, pas loin de chez mon grand-père, un commerce de salaisons.

La boutique, étroite et obscure, se sent de loin. Sur le trottoir s'alignent des barils de harengs et des caisses de harengs saurs. Au plafond pendent des rangées de stockfischs blafards d'où tombent parfois des grains de gros sel.

Le costume chasseur est imprégné de tout cela. Roels sent à la fois le hareng, le stockfisch et les moules, en plus fort, en plus rance.

— C'est là que ton oncle Jan a débuté…

Avant de racheter trois vieux immeubles, rue des Clarisses, de les faire abattre et de construire à la place l'imposante maison où je suis à présent.

Voilà pourquoi je cherche l'odeur, sans trouver autre chose qu'un parfum merveilleux de café, de cannelle, de cacao et de girofle auquel se mêlent le fumet de la cuisine et une pointe d'encaustique et de pâte à récurer les cuivres.

— Marthe !… C'est moi…

Vermeiren, les jambes étendues devant le radiateur à gaz, le ventre haut, le cou épais, le chapeau sur la tête, fume son cigare sans nous regarder.

De temps en temps il soupire comme un homme qui fournit un trop gros effort. Soudain un vacarme éclate. Dans la chambre de tante Marthe, on lance des objets lourds sur la porte. Une voix s'élève, criarde, ignoble. Ma mère accourt.

Vermeiren se lève à nouveau et soupire.

Cela n'a servi à rien de racoler Henriette dans la rue.

Il y a trois jours que, comme le faisait Félicie, Marthe a commencé une neuvaine. Où a-t-elle trouvé de la boisson, alors que tous les spiritueux sont sous clé ? Où a-t-elle trouvé de l'argent, alors que le personnel a reçu la consigne de lui interdire l'accès des tiroirs-caisses du magasin ?

Depuis trois jours, elle s'est enfermée dans sa chambre, sans doute avec des bouteilles, et elle refuse d'ouvrir la porte, ne répond que par des injures quand on l'appelle.

A-t-elle seulement à manger ?

Ma mère pleure un petit peu en descendant l'escalier.

— Venez, mes enfants…

Vermeiren nous reconduit dans le magasin, hésite, ouvre une boîte de bonbons au couvercle de verre et nous donne à chacun deux gaufrettes.

Il hésite encore. Allons ! Il ira jusqu'au bout de sa générosité et, dans un rayon, il prend deux boîtes de sardines qu'il glisse dans le filet de ma mère.

La rue est plus noire, la verrière de la halle aux viandes à peine éclairée.

Mais il est trop tard. Le feu pourrait s'éteindre. Désiré va rentrer. Les locataires vont descendre.

Henriette nous entraîne, Henriette nous tire derrière elle, par le chemin le plus court, par les rues les plus sombres qui ne sentent pas la Saint-Nicolas.

18

Fontenay-le-Comte,
le 12 juin 1941.

La place du Congrès est ronde, les arbres noirs, plus noirs d'un côté à cause de l'humidité. Sur chacun des quatre terre-pleins, il y a un banc peint en vert. Sur le terre-plein voisin de la rue de la Liberté se dresse un immense pylône d'où partent des centaines de fils téléphoniques.

Des rues, en étoile, viennent aboutir à la place du Congrès. Le tram la coupe en deux parties inégales, car il décrit une courbe pour passer de la rue Jean-d'Outremeuse à la rue de la Province.

Ce soir-là, la place du Congrès est un univers fantomatique où s'agitent des fantômes. Le matin, il ne gelait pas encore ; à peine une pellicule cassante, mais transparente, sur les flaques d'eau. Le vent a dû tourner pendant que nous étions à l'école. Le poêle tirait mal ; frère Mansuy, les mains croisées dans ses manches, nous a fait tourner en rond autour de la classe pour nous réchauffer. C'est un paysan des Ardennes au visage rond et aux yeux doux.

Pendant que nous tracions des jambages, il allait et venait entre les bancs jaunes, nous épiant et sachant fort bien que nous l'épions, nous aussi. C'est un jeu qu'il joue de temps à autre. Dans les vastes poches de sa soutane noire à rabat blanc, il a toujours deux boîtes en papier mâché aux décors japonais. L'une contient son tabac à priser ; l'autre des gommes à la violette qu'on ne trouve dans aucune confiserie.

Frère Mansuy se déplace sans bruit. On le croit à l'autre bout de la classe et il est derrière vous, silencieux, souriant de son sourire paisible et feignant de regarder ailleurs.

La soutane vous frôle. On a un petit frisson d'espoir. Est-ce que... Comme un escamoteur, d'un geste furtif, il a posé une gomme à la violette sur le coin du pupitre.

La cour est livide. Tout est livide. Les façades de briques sont plus sombres, les pierres de taille d'un blanc cru, méchant, avec des bavures.

Il est presque l'heure d'allumer. Derrière la cloison vitrée qui sépare les classes, les grands de troisième et de quatrième année primaire récitent ensemble une leçon, et cela fait un bruit rythmé de chanson. Qui a vu les premiers flocons ?

Toutes les têtes, bientôt, sont tournées vers la cour. Il faut regarder fixement pour distinguer les minuscules parcelles de neige qui tombent lentement du ciel.

Et cela suffit pour nous donner la fièvre. La nuit tombe et les flocons deviennent plus pressés et plus denses. Le gaz est allumé, on aperçoit des mères qui entourent le poêle dans la salle d'attente, à gauche du porche.

Quatre heures moins cinq. Tous les élèves, debout, récitent la prière et on entend les voix des plus grands dans les autres classes. On piétine. Les rangs se forment. La porte s'ouvre.

Elle tient ! La neige tient, tout au moins entre les pavés !

Les uns ont des cabans de grosse laine noire, d'autres un pardessus en ratine bleue à boutons dorés. Mais ce sont autant de gnomes surexcités qu'un instituteur maintient en rang jusqu'au coin de la rue. Puis c'est un envol bruyant, une nuée dans ce fin brouillard de neige qui brouille les contours et où les becs de gaz sont comme des feux lointains dans l'océan.

Le quartier, la place du Congrès elle-même est trop vaste pour nous. Un tout petit morceau nous suffit, le plus proche de la rue Pasteur, en face de l'épicerie, dont la vitrine est à peine éclairée.

Le long du trottoir, l'eau du ruisseau est enfin gelée et les plus grands se sont élancés, le cartable au dos.

On se bouscule. Quelques-uns tombent et se ramassent. Les visages font des taches à peine plus claires sous les capuchons, et les yeux brillent, la fièvre monte, des plaques irrégulières de neige se forment sur le terre-plein de la place, et de la neige encore commence à ourler les branches noires des ormes.

Un grand décide d'une voix pleine d'importance :

— Cette glissoire-ci n'est pas pour les petits ! Ils n'ont qu'à en faire une ailleurs...

Nous sommes quinze, vingt bonshommes à nous agiter dans l'obscurité floconneuse. Les doigts sont glacés, les narines humides et la peau des joues se tend, rose et craquante. Les souffles sont courts et chauds.

La glissoire se polit, s'allonge. Certains volent d'un bout à l'autre, les bras étendus, sans effort, et il y en a qui s'accroupissent, se redressent avec une aisance prestigieuse.

Une voix de femme, très loin :

— Jean !… Jean !…

— Oui, m'man…

— Rentre vite…

— Oui, m'man…

Encore un tour… Encore deux…

— Jean !…

Des silhouettes passent, des grandes personnes en pardessus sombre, des femmes qui tiennent leur châle noir serré sur leur poitrine et qui ont de la poudre de neige dans les cheveux.

— Jean ! Si jamais je vais te chercher…

On respire plus vite. On respire rauque. La fièvre monte toujours et un reflet de la vitrine de l'épicier s'étire sur la glissade qui est devenue d'un noir bleuté, profond comme un lac.

Parfois on ouvre la bouche, on tend la langue. On essaie d'attraper un flocon de neige, qui a comme un goût de poussière. On dit :

— C'est bon…

Et c'est bon, en effet, ce soir-là, le premier froid, la première neige, un monde qui a perdu son aspect de tous les jours, des toits flous dans du flou, des lumières qui n'éclairent presque plus et des gens qui semblent flotter dans l'espace.

Le tram est comme un bateau mystérieux qui, avec ses vitres jaunes, passe quelque part au large.

Demain…

On n'ose pas y penser. Il y a encore trop d'heures qui nous séparent de demain et, si on y pensait, l'attente ferait mal.

Le Grand-Bazar, aujourd'hui, restera ouvert jusqu'à minuit, peut-être plus tard. Et quand dégringoleront les volets de fer, les vendeurs et les vendeuses exsangues, les jambes molles, la tête vide comme un tambour, se retrouveront au milieu des rayons dévastés.

> *O grand saint Nicolas,*
> *Descendez ici-bas...*

Des mères s'inquiètent, lancent un nom dans la nuit mystérieuse.

— Victor !... Victor !...

Le groupe diminue. Nous sommes six, nous sommes cinq. Et maintenant que nous avons la glissoire pour nous seuls, nous n'avons plus la force de nous y élancer.

— Qu'est-ce que saint Nicolas t'apportera, à toi ?

— D'abord, saint Nicolas, ça n'existe pas...

— Alors, qui est-ce ?

— C'est père et mère !

— Ce n'est pas vrai...

Je longe, titubant, les murs de la rue Pasteur. Rue de la Loi, je vois, par la serrure, la calme lumière de la cuisine, je toque à la boîte aux lettres.

Dans la chaleur, mes yeux picotent ; on voudrait dormir tout de suite, se mettre au lit sans souper pour être plus vite demain.

— Qui est-ce, saint Nicolas ?

— C'est le patron des enfants.

— Ledoux dit que c'est père et mère...

— Ledoux est un sot.

— Il l'a vu.

— Qu'est-ce qu'il a vu ?

— Son père qui lançait des noix par le vasistas...

Car, depuis quinze jours déjà, saint Nicolas se manifeste à l'improviste. Au moment où on s'y attend le moins, des noix, des noisettes, des amandes pleuvent d'un vasistas, d'une fenêtre entrouverte sur l'obscurité.

— Mange...

On a mis des bourrelets aux portes et aux fenêtres. Le poêle ronfle de temps en temps, sans doute à cause d'un retour de flamme. Il y a une sorte de « plouff » sourd et c'est signe de bonne nouvelle.

Désiré, en rentrant, n'a pas mis son vieux veston et ses pantoufles, comme il le fait d'habitude. Henriette est habillée comme pour sortir, et Mlle Pauline a un air complice.

De notre lit du deuxième étage, de notre chambre où nous nous réchauffons, mon frère et moi, en nous collant dos contre dos, et où la petite flamme de la lampe à huile fait danser les ombres, j'entends la porte de la rue qui s'ouvre et se referme, des pas pressés qui s'éloignent.

Si je descendais, je trouverais Mlle Pauline, seule dans la cuisine, qui garde la maison en copiant un cours.

Désiré et Henriette se retrouvent tous les deux, rien qu'eux deux, dehors, comme jadis, quand Désiré allait attendre sa fiancée à la porte de l'Innovation.

Elle lui tient le bras, comme jadis. Elle est trop petite pour lui et a l'air d'être suspendue.

Dès la rue Puits-en-Sock, ils sont happés par la foule qui piétine devant les vitrines. Tout le monde est dehors, tous les parents. Pendant que des milliers d'enfants dorment d'un sommeil anxieux, les grandes personnes sont prises de fièvre et, devant certaines poupées grandeur nature, devant des chevaux de bois en vraie peau, avec le poil, devant des trains mécaniques ou d'immenses saints Nicolas en pain d'épice, les prunelles brillent.

— Attention, Désiré… C'est trop cher !… Il vaut mieux peu, mais du bon…

Pour la Feinstein, venue de Varsovie, c'est un jour comme les autres, sauf qu'elle est bien tranquille, seule dans la cuisine, où la buée coule lentement sur les vitres, derrière le store écru.

Du bruit, des voix traversent mon sommeil. Deux fois, trois fois je m'éveille, et je regarde fixement la flamme de la lampe. N'est-il pas encore l'heure ?

Enfin, j'entends les bruits familiers du poêle qu'on allume.

— Christian !

Je m'élance, pieds nus, les jambes embarrassées par ma longue robe de chambre en pilou. Je n'ai même pas mis mes pantoufles. Le sol est froid sous mes pieds. Je fonce sur la porte de la salle à manger, mais elle est fermée à clé.

— Attends, Georges… Ton père va ouvrir…

Désiré se lève, passe un pantalon, dont les bretelles battent ses cuisses.

Jamais nous ne sommes levés d'aussi bonne heure et cela accroît encore ce qu'il y a d'exceptionnel dans cette journée.

Christian, à peine réveillé, semble continuer son rêve et voilà que, la porte ouverte, il éclate en sanglots.

C'est trop pour lui ! La salle à manger n'est plus la salle à manger. Dès le seuil, une odeur extraordinaire vous prend à la gorge, l'odeur du pain d'épice, du chocolat, des oranges, de quoi encore ?

Sur la table couverte d'une nappe, des plats, des assiettes contiennent massepains, fruits secs et autres friandises.

Christian se mouche. Le bonheur l'effraie. Un tambour. Un képi. Une brouette. Une trompette. Un jeu de construction !

Il ne peut tout voir à la fois et il a saisi machinalement une orange, qu'il tient à la main comme on voit l'Enfant-Jésus tenir une boule surmontée d'une croix qui figure le monde.

— Tu es content ?

— Oui…

Plus calme, je procède à un inventaire, surtout à l'examen minutieux de ma boîte de couleurs qui contient de vrais tubes.

— Georges… Tu as vu ceci ?

C'est un meccano. Je ne m'attendais pas à recevoir un meccano, mais je ne lève pas la tête tant mes couleurs me passionnent. Dans des centaines, des milliers de maisons, des enfants en chemise de nuit s'émerveillent de la sorte.

Désiré s'est approché d'Henriette. Il lui remet un tout petit écrin, qui contient une broche. Il est gauche. Il est toujours gauche dans ces occasions-là. Et, bien que ce soit son mari, Henriette éprouve le besoin de balbutier :

— C'est trop, Désiré !… C'est vraiment trop !… Merci, sais-tu !…

Pour un peu, elle pleurerait.

— Elle est jolie… Beaucoup trop jolie… Pour toi, je n'ai que…

Une pipe, une pipe à fin tuyau comme ma mère les aime.

— Elle te plaît ?

Mon père la bourre tout de suite, encore qu'on soit à jeun. Ce jour-là, rien n'a d'importance. Les locataires dorment encore. Nous sommes là, dans la salle à manger aux volets clos, où le gaz est allumé comme si c'était le soir.

Nous sentons encore le lit. Et nous ne nous apercevons pas qu'il fait froid.

On mange un chocolat, une figue, un raisin sec ; on mord à un massepain ou à une couque.

— Désiré, tu devrais aller chercher leurs pantoufles pendant que j'allume le feu…

C'est encore plus irréel que la place du Congrès sous la neige. Une odeur de pétrole vient de la cuisine. Ma mère moud le café. Elle crie :

— Ne mangez pas trop, mes enfants… On va se mettre à table…

Le premier tramway ouvrier passe rue Jean-d'Outremeuse. Les cloches de la paroisse annoncent la première messe. Dans l'église que n'éclairent que des bougies, l'enfant de chœur doit agiter sa sonnette… Ou plutôt, non ! Il n'y a pas d'enfants de chœur ce matin et c'est le sacristain qui sert la messe.

Chacun choisit son déjeuner, la couque qu'il préfère. Seul Christian ne veut pas mordre à la sienne pour ne pas abîmer le mouton qu'elle représente.

C'est sucré, toute la maison est sucrée et fade. Mon père fait sa toilette.

— Il faut vous habiller, mes enfants, sinon vous prendrez froid…

On entend une trompette grêle dans la maison d'à côté. Le jour hésite à se lever. Les bruits de la ville tardent à s'orchestrer. On a presque peur de lever les volets.

A neuf heures, nous sommes encore en chemise de nuit, l'estomac barbouillé, les yeux picotant de sommeil. Père est parti.

Il faut se décider à éteindre les lampes, à commencer la journée, et le volet, en se levant, découvre une rue de rêve.

Le monde a disparu, l'école des Frères, si proche, apparaît ou plutôt se devine, lointaine, à travers un brouillard qui colle aux vitres et qu'on sent glacé. Des gens passent, le col du pardessus relevé, les mains dans les poches, et on les a à peine entrevus qu'ils sombrent à nouveau dans le néant blafard.

Le tram sonne, sonne, n'avance qu'au pas, et la charrette de l'homme aux poubelles devient un attelage de mystère.

On a le droit, aujourd'hui, de vivre par terre, de se traîner, de se salir, de manger de tout et de ne pas se laver dès le matin.

Mlle Frida n'a eu qu'un froid regard pour nos jouets et est sortie. Il paraît qu'à l'amphithéâtre elle va découper des cadavres. Mlle Pauline reste frileusement dans sa chambre. Allons ! Mère va nous laver dans la cuisine, à l'eau chaude, près du feu. Elle mouille le peigne pour partager par une raie mes cheveux rebelles.

— Maintenant, les enfants, vous allez me donner vos chocolats et vos pains d'épice…

Car il faut que la Saint-Nicolas dure jusqu'en avril. Les oranges sont acides et glacées. On enfonce un morceau de sucre dans la peau et on suce jusqu'à ce que le fruit soit vide de son jus, de sa pulpe.

Dans les ruelles étroites qui entourent l'église Saint-Nicolas, les enfants sont dehors, à grouiller dans le ruisseau qui sont le pauvre, loqueteux et sales. Leurs pieds sont chaussés de sabots. Les femmes, sur les seuils, le ventre en avant, les mains aux hanches, s'interpellent d'un seuil à l'autre d'une voix criarde.

— Ils n'ont pas de quoi manger, dit Henriette, mais ils dépensent plus pour la Saint-Nicolas que les riches…

Ceux-là ont des vélos à trois roues, des trains mécaniques, avec des rails et une gare, des fusils à air comprimé, des poupées grandeur nature avec de vrais cheveux.

Ce sont des pauvres. Ils n'ont pas de livret de caisse d'épargne. Ils n'achèteront jamais de maison. S'ils sont malades, ils iront à l'hôpital. S'ils sont en chômage, ils iront au bureau de bienfaisance.

Tout ce qu'ils gagnent passe à manger… Leurs gosses ne vont pas à l'Institut Saint-André. Ils vont à l'école communale, ou encore à l'école gratuite des Frères.

Car, à côté de notre école, il y a, pour eux, une école gratuite, avec des classes plus sales, une cour non pavée, une autre sortie ; et les Frères de cette école-là sont eux-mêmes moins soignés et plus vulgaires que les nôtres.

Tout le salaire des parents a passé en jouets et en friandises.

Qu'importe si demain ils mangent du mou ou du saucisson de cheval avec du pain noir ?

Saint Nicolas, patron des écoliers…

La cour des Frères est vide. Les soutanes errent, avec la tache blanche des rabats, dans les couloirs qui sentent l'eau de vaisselle, comme dans les maisons sans femmes.

O grand saint Nicolas,
Descendez ici-bas…

— Mange au moins ta soupe, Georges…

J'en suis incapable. Écœuré, j'ai l'estomac gonflé et, à la bouche, un goût de massepain, d'orange, de couque, de chocolat. Mon assiette est presque vide. J'ai mordu à tous mes « sujets » en pain d'épice. Il manque la tête de saint Nicolas, les pattes de l'âne, que sais-je ?

Christian, lui, comme un jeune chiot inquiet de l'avenir, a tout mis de côté, tout caché, et si, de temps en temps, il saisit avec précaution un chocolat, il le lèche, mais ne l'entame pas.

Dans quinze jours, son trésor sera encore intact, et, si on le laissait faire...

C'est à peine si on sait ce que font les grandes personnes ce jour-là. Mon père est rentré et reparti. Les locataires vont et viennent. Et voilà que déjà on allume les lampes, que la maison se referme, que c'est le soir, que c'est bientôt la nuit.

Demain, il faudra rentrer dans la vie réelle, se lever à sept heures, être à l'école à huit. Frère Mansuy passera entre les bancs et déposera par-ci par-là ses gommes à la violette...

La cour froide. Les mamans qui attendent dans la petite pièce vitrée. On les voit remuer les lèvres, mais on n'entend pas ce qu'elles disent.

Les jambages, au tableau...

Ce n'est qu'une toute petite étape à franchir. Quinze jours encore et c'est Noël. Déjà, en classe, on nous fait chanter :

> *Venez, divin Messie,*
> *Sauvez nos cœurs infortunés.*
> *Venez, divin Messie,*
> *Venez, venez, venez...*

Dans les vitrines, les bonshommes en pain d'épice font place à des crèches. On achète de la farine de blé noir et des raisins de Corinthe pour les « bouquettes » de Noël.

C'est le mois le plus extraordinaire, le plus mystérieux

de l'année, et chaque fête apporte quelque chose de spécial à manger, car, après les « bouquettes » de Noël, il faudra déjà préparer les gaufres du Jour de l'An.

Le 31 décembre, sur le coup de six heures, rue des Guillemins, Désiré fera signe à ses collègues. Après avoir rajusté leur cravate, ceux-ci suivront mon père dans le bureau de M. Mayeur, qui, comme chaque année, feindra la surprise.

— Monsieur Mayeur, nous nous faisons un devoir et un plaisir, en ce dernier jour de l'année, de venir vous présenter pour l'année nouvelle nos meilleurs vœux de santé et de prospérité.

M. Mayeur, maigre et chagrin, se lève, serre les mains.

— Mes amis… Hum !… je suis très touché et…

Le bureau sent le vieux papier et le vieux cuir. Sur la cheminée, à côté d'un bronze d'art, une bouteille de porto est préparée, avec le nombre voulu de verres.

— Si vous le voulez bien, nous allons trinquer à la santé de…

La traditionnelle boîte de cigares est préparée, elle aussi. Chacun en prend un et l'allume. Un peu de fumée bleue monte dans l'air. On boit, à petites gorgées, le porto sucré. Dans le jardin dénudé par l'hiver, on voit des traînées luisantes de verglas.

— A vos souhaits à tous…

C'est fini. M. Mayeur prend la boîte de cigares et la tend à Désiré.

— Faites-moi le plaisir de partager avec vos collègues…

Le partage se fait dans le bureau. Quatre cigares par personne.

— Bonne année, monsieur Simenon…

— Bonne année, monsieur Lardent…

— Bonne année, monsieur Lodemans…

A cause du verglas, on a répandu de la cendre sur le seuil. Il faut marcher prudemment le long des trottoirs. Le porto réchauffe. Chemin faisant, on achève le cigare…

Bonne année !

19

Les Sables-d'Olonne,
18 janvier 1945.

Un grand vide, tu vois, mon cher garçon, entre les dernières pages, écrites en 1941, et celles-ci. Peut-être le remplirai-je un jour ? Aujourd'hui, ce n'est qu'une sorte de lettre, comme je t'en écrirais si tu avais vingt ans et si tu étais loin.

Nous vivons à l'hôtel, aux Sables-d'Olonne. Tu joues dans ta chambre avec Boule et deux petits amis, les enfants de Joseph, le garçon de restaurant. Je suis seul dans la mienne.

J'avais envie, tout à l'heure, d'écrire un conte ou une nouvelle, car je ne me sens pas encore assez en forme, ni d'esprit assez libre, pour m'enfoncer dans un roman. A midi, à table – j'allais dire à table d'hôte, bien qu'on mange par petites tables, mais la conversation devient vite générale – à midi, dis-je, il y a eu un tout petit incident, une discussion sans importance. Ce n'est que maintenant, deux heures plus tard, que je m'aperçois que j'en suis encore barbouillé. Et cela me rappelle si vivement un autre incident, vieux de huit jours à peine, que j'éprouve le besoin de te les raconter tous les deux.

Celui qui te concerne, d'abord, et dont tu ne te souviendras sans doute plus lorsque tu liras ces lignes.

Il faisait très froid, quatorze ou quinze degrés sous zéro, et sur le remblai on trouvait des oiseaux morts, d'autres, surtout des pinsons, qui n'avaient plus la force de s'enfuir à notre approche.

Un chien, très loin, du côté des pins, s'est mis à te suivre, un vieux chien, sans race, à poil long, râpé, aux yeux usés d'aveugle. Tu l'as caressé, touché par cette affection soudaine, et tu es rentré fièrement à l'hôtel avec ta conquête qui marchait le nez sur tes talons et qui, quand tu t'arrêtais, te regardait comme s'il avait décidé qu'il remettait désormais son sort entre tes mains.

Un marin, sur le seuil, un de ceux qui passent leurs journées, collés aux maisons pour se protéger du vent, à regarder la mer, t'a dit :

— Il est sourd. Ses maîtres habitent telle rue, mais sont en voyage en ce moment. Ils ont dû confier le cabot à des voisins.

On a essayé de te dégoûter de la bête.

— Il est sourd. Il est vieux. Il est laid.

— Cela ne fait rien.

— Il est sale. Il sent mauvais.

— Cela ne fait rien.

— Les patrons de l'hôtel refuseront de le garder.

Tu t'es résigné à ce qu'il ne soit ton hôte que pour le temps du déjeuner et qu'ensuite tu le reconduises dans son quartier.

Je t'ai laissé seul dans la salle commune avec le chien. Quelques instants plus tard, je t'ai entendu monter l'escalier marche à marche, en t'arrêtant sur chacune, puis tu es resté longtemps derrière la porte avant de l'ouvrir. Tu avais un drôle de visage, un visage que je ne t'avais encore jamais vu, qui n'était plus un visage d'enfant.

— Père ! viens vite reconduire le chien…

Je sentais que tu faisais d'héroïques efforts pour ne pas fondre en larmes. Mais pourquoi ?

— Nous irons après le déjeuner. C'est toi-même qui as demandé et obtenu que le chien se réchauffe et mange ici…

— Il faut le reconduire tout de suite…

Une véritable angoisse, qui n'était pas enfantine, brouillait tes traits. Tu t'accrochais à moi, me tirais par la main et t'efforçais de me cacher tes yeux.

— Viens !… Oh ! viens vite…

Un appel au secours.

— Tu étais si heureux de garder le chien une heure ou deux !

— Viens vite ! Je veux qu'on le reconduise…

Et quand Boule est arrivée, quand elle a voulu me donner le mot de l'énigme, tu as essayé de la faire taire. Boule pleurait, elle, sans se cacher. Elle pleurait parce qu'elle t'avait entendu pleurer sur chaque marche de l'escalier. Elle avait assisté à la scène dont tu ne voulais pas me parler.

… Le patron de l'hôtel survenant alors que le chien s'allongeait près du feu et le jetant dehors à coups de pied…

L'animal, ne comprenant pas, te regardait, s'arrêtait sur le seuil où il t'attendait.

— Viens vite, père !… Viens…

Tu m'as entraîné et nous avons reconduit le chien, que

tu n'osais plus regarder, car peut-être, sans t'en douter, tu avais honte des hommes.

Je crois, en tout cas, que c'est ton premier chagrin d'homme.

Tu as bientôt six ans – dans quatre mois, comme tu le précises volontiers. J'en aurai quarante-deux le mois prochain.

Et voilà que cet après-midi je suis barbouillé parce que, dans une discussion sans importance, un bavardage de table d'hôte, j'ai cru sentir, soudain, sous les mots percer une animosité personnelle.

Je devrais savoir, surtout à mon âge, que nous vivons une époque où les opinions s'exaspèrent et où les moindres discussions risquent de tourner à l'aigre.

Nous parlions du monde de demain ou d'après-demain qui verra fatalement une nouvelle répartition, plus large, de ce qu'on appelle les richesses.

Je défendais les petits, les ouvriers, et je rappelais qu'il leur a fallu près d'un siècle de luttes pour abolir le travail des enfants – de moins de dix ans ! – dans les usines et la journée de douze heures dans les mines. Comment ces gens-là se contenteraient-ils aujourd'hui de ce que des patrons leur abandonnent sous le coup de la peur ?

Or, pour les attaquer, il s'est trouvé une femme sortie elle-même du peuple mais devenue institutrice. Elle mange à notre hôtel depuis quelques semaines. Jusqu'à hier elle n'a eu pour nous que sourires et flatteries.

Soudain, sa haine – je ne trouve pas d'autre mot – a jailli, malgré elle. Sa haine de quoi, je n'en sais rien. Sa haine des femmes d'ouvriers « qui n'ont rien à faire de toute la journée pendant qu'elle garde leurs enfants en classe », sa haine des ouvriers qui vont boire en sortant de la mine ou des fours à zinc, sa haine de ces enfants mal débarbouillés et souvent tarés qu'on lui confie, et aussi sa haine à mon égard.

Tu ne comprends pas ? La haine pour ce qui est au-dessous et pour ce qui est au-dessus. Haine des petits et haine des grands. Des petits qu'elle méprise et des grands qu'elle envie.

Pour elle, je fais partie des grands. Je passe pour gagner beaucoup d'argent parce que je ne compte pas celui que je dépense.

Tant que je n'étais pour elle que le romancier, elle se montrait pleine de respect, comme devant un gros industriel ou un politicien. Et mes fantaisies les plus ruineuses lui eussent paru légitimes.

Mais elle a vécu quelques semaines près de nous. Elle a connu l'homme, un homme comme les autres, qui a dû lui sembler bien banal.

Alors pourquoi pas elle ?

Et voilà que cet homme se permet par surcroît de défendre l'ouvrier ! Voilà qu'il avoue simplement, sans rougir, qu'il est sorti du peuple, du tout petit peuple, et qu'il lui est arrivé d'avoir faim.

— Eh bien ! J'espère que le communisme vous y replongera, dans le peuple. Vous en souffrirez d'autant moins que vous y serez à votre place.

C'est tout, mon fils. Tu vois que ce n'est rien, dix fois rien, que c'est un incident qu'on ne raconte même pas à un ami. Pourtant cela m'a fait presque aussi mal qu'à toi le coup de pied donné à un chien de la rue par le tenancier d'un modeste hôtel.

Tu as cinq ans et demi et j'en ai quarante-deux. J'espère que tu t'habitueras, mais ce que je voulais te dire aujourd'hui c'est que, pour ma part, je ne m'y suis pas encore habitué.

Bonsoir, fils !

Fontenay-le-Comte, décembre 1940-juin 1941.
Les Sables-d'Olonne, 18 janvier 1945.
Échandens, 26 avril 1961.